Diaspora

Grete Weil

Conseguenze tardive

A cura di Camilla Brunelli

Giuntina

Titolo originale:
Spätfolgen
Copyright © 1992 Nagel & Kimche,
at Carl Hanser Verlag, München-Wien
Copyright © 2008 Editrice La Giuntina, Via Mannelli 29 rosso, Firenze
www.giuntina.it

ISBN 978-8-8057-320-3

Conseguenze tardive
ovvero la sindrome del sopravvissuto

di Camilla Brunelli

Grete Weil, ebrea e tedesca, perseguitata dai nazisti ma tornata a vivere in Germania dopo la guerra, impiega la sua lunga vita (1906-1999) di donna e di scrittrice per rendere testimonianza dei fatti di cui è stata protagonista e per ricercare le radici della sua lacerata identità di ebrea tedesca.

Se gran parte della letteratura tedesca ed europea del secondo dopoguerra è in qualche modo segnata dalla cesura culturale simboleggiata da Auschwitz – nei temi del disagio della civiltà, della mancanza di parola, del vuoto esistenziale o del sentimento del nulla che la caratterizzano – l'opera di Grete Weil, invece, affronta e tratta direttamente il «morbo Auschwitz», ben lungi da definirsi solamente «influenzata» da esso. L'autrice fa della deportazione e dello sterminio degli ebrei, della condizione di vittima e delle conseguenze di quel morbo il tema unico della sua opera.

La Weil, interrogandosi sul significato di testimonianza, definisce se stessa, con il rigore e l'onestà che la caratterizzano, solo «testimone del dolore» per la morte nel lager di Mauthausen del marito Edgar, e per quella di tutti gli ebrei vittime del nazismo.

Salvatasi dalla deportazione in un nascondiglio di Amsterdam, testimonia solo degli avvenimenti in cui è stata coinvolta: la persecuzione (che ha subìto in prima persona) e la deportazione di intere famiglie (a cui ha assistito mentre lavorava per il Consiglio Ebraico). L'attenzione di Grete Weil, oltre a cercare un approccio il più possibile «oggettivo» ai fatti accaduti, è concentrata sul coinvolgimento del proprio io in questi eventi; in lei vi è una verifica costante e ossessiva di se stessa sui temi dell'identità e del concetto di patria, della condizione di vittima e della responsabilità personale, per arrivare al tema della vecchiaia, tappe, queste, obbligate del suo percorso di conoscenza interiore.

Nel 1992 esce *Conseguenze tardive*, una raccolta di cinque racconti e un testo di riflessione finale di particolare interesse poiché conclude l'opera narrativa di Grete Weil di cui rappresenta il testamento letterario. Allo stesso tempo esso costituisce il punto di arrivo della riflessione di tutta una vita sulle «conseguenze tardive» del trauma di Auschwitz, che riguardano non solo le vittime sopravvissute, protagoniste dei racconti, ma si estendono anche ad aspetti più generali della società europea contemporanea che fu teatro dei crimini nazisti.

Qui Grete Weil si confronta con gli effetti duraturi del morbo Auschwitz, «il male che non passa», sulla sua vita interiore e sulla sua opera di scrittrice. Nei cinque brevi racconti che si svolgono in Europa e negli Stati Uniti, l'autrice racconta storie e vicende di superstiti della Shoah che ne subirono in vario modo le conseguenze. Ogni scampato porta con sé «una ferita che non si sana più» e, anche se i superstiti si sono adeguati e ben inseriti nella vita, non svanisce con gli anni il ricordo della paura, dell'ingiustizia, dell'inferno di Auschwitz. Pare addirittura che sia vero il contrario.

In riferimento ai crimini nazisti l'espressione *Spätfolgen*, «conseguenze tardive», è stata usata come termine di un linguaggio specifico, in un primo tempo solo di medicina sociale poi anche di medicina legale e giuridica, a proposito dei procedimenti per i risarcimenti concessi agli ex deportati dallo Stato tedesco. Lo psichiatra William G. Niederland introduce nella letteratura psichiatrica il termine «sindrome del sopravvissuto» per indicare le conseguenze della persecuzione che hanno disturbato, talvolta distrutto la psiche.

Niederland definisce molti superstiti «morti viventi»; al tempo stesso fa notare il conflitto psichico di quei perseguitati che, grazie alla possibilità di essersi nascosti (come Grete Weil) o essere emigrati, si erano potuti sottrarre alla deportazione nei lager e che, rispetto al destino dei prigionieri, furono definiti i «fortunati». Si possono constatare disturbi della struttura della personalità, il ritorno ossessivo della memoria sul passato, carenze di motivazioni esistenziali, sentimenti di perdita e di tristezza, minore adattabilità e flessibilità nei rapporti con gli altri. Non a caso Nadine Heftler, una ricercatrice che ha studiato a fondo la sindrome da lager, parla di «subcultura del disastro».

Grete Weil descrive nei suoi racconti l'esistenza irrimediabilmente danneggiata dei sopravvissuti per i quali non può esistere quel superamento del passato nazista (*Vergangenheitsbewältigung*), tanto evocato dai tedeschi, poiché esso rappresenta il proprio passato. I morti e le loro sofferenze appartengono anche ai sopravvissuti: «Chi mi dice che non sono i miei capelli, i miei denti? Intendevano me.»

Questo pensiero inquietante condiziona l'esistenza e la coscienza dell'io narrante di Grete Weil, che vede il «morbus» come malattia dei processi mentali e psichici. In definitiva tutta la sua opera altro non descrive se non la condizione dell'anima in cui ogni esperienza di vita è determinata dal sapere di Auschwitz.

In *Conseguenze tardive* i protagonisti dei racconti cercano con grande fatica di rimuovere dalla memoria ogni ricordo del dramma vissuto: è in questa rimozione che si può individuare il tema centrale dell'opera.

I brevi racconti (due sono di appena quattro pagine) narrano tutti della rimozione, che ne costituisce il tema unificante. Con una narrazione controllata, priva di abbellimenti ma non per questo meno dolente, l'io narrante cita fatti e nomina persone con l'atteggiamento del cronista attento unicamente alla verità.

Grete Weil, che assume spesso toni da moralista che non perdona, costringe con incalzante dialettica i protagonisti dei racconti e soprattutto gli ebrei americani in *Guernica* e in *La casa nel deserto* a guardare in faccia la realtà, svelando memorie sepolte e infrangendo tabù.

Attraverso la trasposizione in narrativa di materiale biografico la Weil si interroga sulla validità delle sue scelte, analizzando i danni e le conseguenze negative che l'emigrazione, il disadattamento e la rimozione avrebbero inevitabilmente portato anche alla sua personalità.

Nel racconto *Guernica*, il primo della raccolta, l'io narrante incontra l'ebreo tedesco Hans, ex studente di storia dell'arte diventato avvocato di successo a New York, che nasconde i suoi sensi di colpa dietro una maschera di identità ebraico-americana totalmente assimilata. Lo sradicamento e la perdita d'identità conseguente l'esilio, Hans li ha apparentemente risolti con l'identificazione nella seconda patria, gli Stati Uniti, e in una sorta di ebraismo intransigente.

In *La casa nel deserto* (nuova edizione del racconto del 1968 *Happy, disse lo zio*), caratterizzato da una scrittura a forti tinte grottesche e spiccatamente teatrale, di nuovo si parla di un incontro e ancora negli Stati Uniti. Qui vivono gli zii dell'io narrante, ebrei emigrati a Los Angeles dove riuscirono a fuggire subito dopo lo scoppio della guerra, scampando così alla deportazione. La vita fu salva ma al prezzo della perdita del rapporto con la realtà: credono infatti che in Europa vi siano ancora le condizioni di vita precedenti alla guerra e che il progresso tecnologico si sia verificato solo in America. La Germania degli anni Sessanta per loro non esiste. Non casualmente la casa degli zii si trova nel deserto. Il deserto, ambientazione surreale dove la sospensione dello spazio e del tempo produce una sorta di spaesamento metafisico, diventa metafora dello sradicamento degli esuli e del sentimento di estraneità di Grete Weil a quell'esistenza.

In *Don't touch me* (Non mi toccate) Esther, superstite del lager, emigrata negli Stati Uniti dopo la guerra, torna in Germania su invito della cugina Rosa che ora vive a Monaco, a suo tempo salvatasi in clandestinità. Esther considera inutile il ritorno, pur se temporaneo, in una Germania che sente estranea e per cui avverte disagio, ostilità, inquietudine, quasi un presagio di avversità. La Baviera e i bavaresi non le piacciono o forse non più, non dopo Auschwitz. Nel personaggio della cugina Rosa, che si è salvata in clandestinità come Grete nel destino reale, e in quello di Esther, che ha subìto gli orrori del lager e rispecchia l'immagine del destino potenziale della Weil, l'autrice riflette sul problema della possibilità di integrazione in Germania di ebrei sopravvissuti alla Shoah.

Ben, il protagonista di *La cosa più bella del mondo,* il racconto più breve della raccolta, è un pilota dell'aviazione britannica che ebbe la famiglia, rimasta in Olanda, deportata e assassinata ad Auschwitz. Il dolore per la perdita della moglie e della figlia aveva lasciato in lui un segno indelebile e intollerabile nel corso degli anni. Scampato alla deportazione, Ben è diventato un morto vivente (vedi Niederland), colpito dagli effetti ritardati nel tempo del trauma della perdita dei suoi cari.

Il racconto *La piccola Sonja Rosenkranz* ci mostra una variazione del tema nella vasta gamma delle conseguenze tardive, perché la protagonista Marthe Besson non è un'ebrea bensì una militante della Resistenza francese che, durante l'occupazione della Francia, si assunse la responsabilità di nascondere una giovane ebrea tedesca presso una giornalista, Blanche Molitier, senza verificarne a sufficienza l'affidabilità. Tale fatto provocò un tragico epilogo su cui calò in seguito il sipario del silenzio e della rimozione. Qui le conseguenze tardive sembrano allargarsi in cerchi concentrici fino a coinvolgere l'anima di tutti – i superstiti ebrei del lager, gli scampati alla persecuzione in clandestinità, le vittime potenziali fuggite in tempo in esilio, ma anche i non-ebrei che degli ebrei non si curarono abbastanza – non risparmiando neanche tutti coloro che avrebbero potuto agire allora, e anche quanti potrebbero sapere e capire ora.

E io? Testimone del dolore è il testo di riflessione autobiografica che conclude la raccolta. L'anziana donna, ben lungi dall'essere pacificata, ricorda, in un continuo alternarsi tra ieri e oggi, i punti dolenti del suo passato. La disillusione più grande è quella di aver creduto di essere depositaria di un sapere di cui testimoniare. L'indagine si fa via via più profonda e la riflessione più importante è quella sul senso della propria testimonianza. Decide di limitare la pretesa, da lei stessa dichiarata subito dopo il 1945, di essere una testimone poiché ha compreso che non ha condiviso le paure e i tormenti del marito Edgar ucciso a Mauthausen. In definitiva, Grete Weil considera se stessa testimone unicamente del dolore.

L'autrice scrive *E io? Testimone del dolore*, l'ultima meta del percorso di auto-interrogazione, dopo aver letto *I sommersi e i salvati* di Primo Levi, pubblicato in Germania pochissimo tempo prima, nel 1990, e dopo aver subìto l'impressione della notizia, nello stesso anno, del suicidio di Bruno Bettelheim, che chiude l'elenco di scrittori ebrei suicidi ricordati dalla Weil (Paul Celan morì nel 1970, Jean Améry nel 1978, Primo Levi nel 1987.)

Grete Weil prende atto che l'idea di aver vissuto anche lei «alle Schrecken», cioè tutti gli orrori, tutte le sofferenze e la disperazione impotente nei confronti dei morti dei campi di concentramento, è svanita e che la sua asserzione di essere testimone «si scioglie nel nulla». Altre ancora saranno state le suggestioni sollecitate da *I sommersi e i salvati* nella scrittrice: prima fra tutte la «zona grigia», così chiamata da Levi, la zona della collaborazione, l'ampia terra di nessuno che nel lager separa i prigionieri dagli aguzzini ma anche li unisce, certo la più lucida indagine condotta sul problema della contaminazione e della corruzione che il potere può esercitare sugli oppressi. Per analogia anche la Weil si riferisce alla sua «zona grigia», alla partecipazione al Consiglio Ebraico di Amsterdam e al sentimento di colpa più volte confessato: «Così come ora siedo qui [...], so di nuovo perfettamente attraverso quale lordura sono passata, attraverso quale gelo, posta di fronte a decisioni che, comunque venissero affrontate, mi rendevano colpevole».

Anche Grete Weil, come Levi, parla di «cattiva coscienza di coloro che sono sopravvissuti» e si chiede come abbia fatto lei «a continuare a vivere con tutto quel sapere dentro». Forse chi «sapeva davvero» non ha potuto, come Levi, Améry, Celan e Bettelheim. Lei non sapeva: questa nuda verità è la scoperta di Grete, che distingue la propria funzione di testimone da quella dei sopravvissuti al lager riducendo così alla sola persecuzione e al dolore la propria testimonianza, definita «insufficiente».

Grete Weil dà voce al suo oscuro tormento di non possedere né un patrimonio culturale né vincoli religiosi ebraici ma di dover essere ebrea e dichiararsi tale. Essere ebrei per la Weil e per Jean Améry significa soprattutto portare in sé la memoria di quella catastrofe avvenuta ieri. La questione dell'ebraicità non determinabile in senso positivo, analizzata soprattutto nel romanzo *Il prezzo della sposa,* ha accompagnato l'autrice in tutta la sua opera. Quando in *E io? Testimone del dolore* parla della «strana condizione dell'esser sospesi, del non-stare-coi-piedi-sulla-terra» allude certamente a questa precarietà della condizione dell'ebreo minacciato di morte.

Grete Weil preferì il tormento di vivere nella «terra dei suoi assassini» piuttosto che patire il dramma dello sradicamento e dell'esilio così dolorosamente raccontato da Améry, e da lei stessa proiettato sulle condizioni psichiche e sulle vicende dei protagonisti dei racconti *Conseguenze tardive.*

In questo ultimo testo autobiografico della raccolta l'autrice conclude la riflessione sulla nuova debolezza della sua vita: la sua malattia che si chiamava «Auschwitz» ora si chiama vecchiaia. Nel doloroso percorso del procedere della vita, la vecchiaia si manifesta anch'essa come conseguenza tardiva, «un destino di perdita di sé».

E con la consueta impietosa franchezza Grete Weil sente il bisogno di definirsi in negativo, dicendo di se stessa ciò che non è o non è più. *Tardi* comprese il pericolo dell'annientamento del popolo ebraico, *tardi* ha capito di non sapere niente del lager e di non aver «sentito» la morte del marito, *tardi,* perfino, sono stati accettati i suoi libri. Così, a conclusione delle riflessioni sul senso di tutta la sua vita, riassunte in *E io? Testimone del dolore*, Grete Weil ci consegna in testamento il giudizio disilluso, essenziale e lucido sulla sua opera di scrittrice.

Conseguenze tardive

Guernica

È stato quando *Guernica* di Picasso era ancora al Museum of Modern Art a New York. Mi ero data appuntamento davanti al quadro con Hans, o, come si faceva chiamare allora, John. Siamo stati amici in gioventù e non ci eravamo più visti da quando, presto, era emigrato. Disapprovava che me ne fossi andata dal paese dove ero fuggita, l'Olanda, per tornare in Germania, e me lo aveva scritto in una delle sue rare lettere. Non sono mai entrata in merito a questa sua opinione. Cosa avrei potuto scrivergli se non: non ti riguarda, non occuparti degli affari miei. Poi il contatto si era quasi completamente interrotto. Una volta a New York, gli avevo telefonato. A suo tempo aveva studiato storia dell'arte, storia e filosofia, materie a lui congeniali e familiari, ma negli Stati Uniti era diventato giurista e aveva, mi disse, uno studio legale ben avviato a New York, era sposato con una ragazza ebrea della California e aveva due figli, un maschio e una femmina.

Ero stata io a proporre la sala di *Guernica* come luogo d'incontro. Con mio stupore aveva acconsentito esitando, quasi non sapesse dove si trovava il dipinto.

All'ora stabilita sono in piedi davanti al quadro di Picasso che avevo già visto due giorni prima. E come ieri l'altro è soprattutto il cavallo, il cavallo che nitrisce e s'impenna nel pericolo di morte, a colpirmi, a eccitarmi.

Dopo un po' di tempo mi guardo intorno perché non voglio che Hans mi giunga alle spalle senza che me ne accorga. Arriva in ritardo: non è mai stato puntuale. Non so se riuscirò a riconoscerlo dopo tutti questi anni.

Ma quando arriva lo riconosco subito e lui me. È vestito con cura, abito scuro, gessato, cravatta grigia e cappello di feltro, l'ombrello, come si vedrà più tardi, l'ha consegnato al guardaroba. Fa di tutto per avere l'aspetto di un uomo della *city* londinese, però, come allora, sembra molto ebreo e anche molto tedesco. Mi viene incontro con quella sua andatura ondeggiante – anche quella l'ha sempre avuta –, mi tende tutte e due le mani e mi bacia sulla fronte.

D'improvviso ricordo – deve esser stato nel 1932 – che, quando abitavamo a Francoforte, andammo insieme a Maria Laach dove tenne un'ottima, esauriente conferenza sul romanticismo tedesco.

Al ritorno eravamo lì, sulla piattaforma, a discutere se Hitler avrebbe preso o no il potere.

«Macché! Mai e poi mai!» aveva detto Hans. «Questa faccenda è finita da un pezzo». (In quel momento si poteva pensarlo davvero, infatti il favore degli elettori si era allontanato dai nazisti). «Ma se, contrariamente alle attese, si arrivasse a tanto, se veramente vincesse le elezioni, a gente come noi non rimarrebbe nient'altro che andar via il più presto possibile, il più lontano possibile. No, non temo questo, in fondo l'arte esiste in tutti i paesi, e non ho bisogno d'altro».

Quando mi scioglie dall'abbraccio, rimaniamo un po' davanti a *Guernica* senza dire una parola, finché lui non mi chiede in inglese: «Lo trovi bello?». Irritata per la domanda e anche perché parla inglese, rispondo in tedesco: «Certo non bello, ma vero. Un grido contro la guerra. E questo mi piace molto».

Si stringe nelle spalle e mi prende la borsetta, cosa a cui mi oppongo debolmente e invano. Continua lui a portarla (lo fanno spesso gli uomini in questo paese) e mi conduce in altre sale. Si ferma davanti a questo o quel dipinto e continua a parlarmi in inglese.

Di troppi quadri dice «terrible» e «awful» e soltanto di pochissimi dice che gli piacciono.

Mi fa rabbia non riuscire a scoprire cosa gli piace e cosa no. Fanno parte di entrambi i gruppi quadri astratti e quadri non astratti: un Kandinsky che gli piace, un altro, per me molto affine, che respinge. Tutto il suo punto di vista mi sembra solo emotivo e un po' caotico. Prima potevo fidarmi del suo giudizio: era un vero intenditore. Dal momento che continua a parlare in inglese do le mie sparute risposte anch'io in inglese, fino a quando dico: «Credo che tu parli meglio tedesco che io inglese». Scuote la testa con forza: «Qui in pubblico non voglio parlare in tedesco».

Bene, non posso farci niente, solo sorridere della sua paura d'esser preso per un tedesco.

«È difficile con voi donne. Quando mia madre si trasferì qua dopo la guerra, anche lei voleva sempre parlare in tedesco con me ma io ovviamente non lo facevo».

Sono esterrefatta: «Parlavi in inglese con la tua vecchia madre?».

«Si capisce. Voleva restare qui e doveva impararlo».

«Tua madre si era nascosta in un paese occupato, ha perduto una figlia ad Auschwitz, si è salvata a fatica. E tutto questo l'ha dovuto raccontare a te, suo unico figlio rimasto, in inglese?».

«Certo».

Mi sento sempre più a disagio in questo incontro. Dopo aver guardato fuori in giardino le sculture, nei confronti delle quali non si comporta diversamente che per i quadri, propone di andare in un piccolo ristorante vicino per il *lunch*.

Dobbiamo aspettare perché tutti i tavoli sono occupati e ci sediamo un po' spaesati nell'anticamera, accanto alla cassiera. Dopo un po' arriva una ragazza col vestito nero e il grembiulino rosa e dice in tedesco: «Potete venire, adesso. Il vostro tavolo è libero».
Impallidito mi indica e dice: «The lady speaks English». Ma parlando pronuncia *lady* come *laidy*, proprio come quel contadino delle montagne ticinesi a cui uno dei miei cani aveva ucciso una gallina a morsi e che (come molti ticinesi era stato per un periodo negli Stati Uniti) aveva giustamente pensato che noi, un'amica ed io, avremmo capito meglio in inglese che in italiano la sua esagerata richiesta di soldi per la gallina, la sua migliore ovaiola.
Soltanto ora mi accorgo dell'orribile accento di Hans e mi fa una gran pena.
La ragazza dice energicamente: «Ma Lei è tedesco». Lui sibila «Che insolente» e la segue controvoglia verso il tavolo che si è liberato.
Mentre mangiamo un cocktail di scampi, mi chiede, reclamando approvazione: «Buono, non è vero?».
Annuisco, sono abituata al fatto che tutti in America pensano che da noi in Europa non c'è nulla di veramente buono. Poi mi fa domande, senza interesse, sulla mia vita negli ultimi anni, sui miei progetti.
Gli nomino qualche titolo dei miei libri; i racconti ambientati in America li ha letti ma dice subito con tono di rimprovero: «Ti interessi dei neri in questo paese. Io ci ho rinunciato da un pezzo. Il mio interesse è naturalmente rivolto agli ebrei».
Ancor prima che io possa replicare aggiunge, del tutto inaspettatamente: «Sarei triste se Judy, mia figlia, non sposasse un ebreo».

A questo punto, però, lo contraddico: «Troveresti giusto che la pena di essere una minoranza continuasse in eterno?».

«Non desidero che mia figlia venga trattata dall'alto in basso da una famiglia americana».

«Di che tipo di persone stai parlando, John? Spero che tua figlia non cada nelle mani di qualche fascista. A proposito, quanti anni ha?».

«Quindici».

«Ma allora c'è tempo». Sono davvero sollevata.

Sediamo una di fronte all'altro, siamo quasi ostili, come due estranei. E pensare che abbiamo avuto una gioventù così simile, siamo cresciuti tutti e due in una famiglia colta, abbiamo fatto l'università, abbiamo dovuto, in quanto ebrei, lasciare la Germania prima ancora di diventare quello che avremmo realmente voluto diventare.

Solo che lui ha agito meglio di me, o in modo più giusto; è stato più coraggioso, se n'è andato lontano lontano, negli Stati Uniti; sapeva che c'era l'oceano tra lui e Hitler, non era in pericolo, si è trovato una nuova identità, si è costruito una nuova vita.

Mi sforzo di capire che cosa, nonostante tutto questo, gli è successo. Perché, per me, è sicuro che qualcosa gli è successo. Che cosa? Non ha, notte dopo notte, atteso i passi degli stivaloni, lo squillo del campanello alla porta, la notizia al mattino di chi, tra gli amici, è stato preso di notte. Non ha dovuto scrivere lettere dal campo di concentramento, e non ne ha da lì ricevute.

Probabilmente solo dopo la guerra è venuto a sapere cosa erano stati Mauthausen e Auschwitz. Forse fino ad oggi non ha sentito i nomi di Sobibor, di Treblinka. Non è stato apolide dopo la guerra, non un reietto, non una *displaced person*, un profugo, bensì cittadino americano, in possesso – come pensavano lui e moltissimi altri – del miglior passaporto del mondo.

Non ha mai avuto bisogno di tessere annonarie (assegnate o falsificate) per procurarsi il pane. Non ha mai scritto, nascosto in casa di persone da cui dipendeva e che mettevano a dura prova i suoi nervi, seduto sulla scala della soffitta (l'unico posto dove poter restare solo), di ciò che più profondamente sentiva e su cui sperava di costruire il proprio futuro.

Cosa gli è successo? È trascorsa troppo liscia la sua vita? E questo lo ha paralizzato?

Lo guardo, dico come pregandolo: «Hans».

«Mi chiamo John».

«Scusami. Per un momento me n'ero dimenticata. Ma avrei dovuto pensarci. Sei così cambiato».

«Lo spero. Il libero cittadino di un paese libero».

Per non far addormentare del tutto la conversazione e poiché so che un tempo, oltre alle arti figurative, la musica significava molto per lui, gli racconto che una volta ho scritto il libretto di un'opera.

«Per quale compositore?».

«Hans Werner Henze».

«Non lo conosco».

Sono di nuovo sconcertata; prima sarebbe stato impensabile che lui non conoscesse qualcuno come Henze.

«Questo Henze... un tedesco?».

«Sì, certo».

«Un nazista». Non una domanda. Un'affermazione.

«Non è un nazista».

«Come fai a saperlo?».

«È nato nel 1926».

Evidentemente convinto solo per metà si stringe nelle spalle e dice: «La musica moderna ai miei orecchi suona come lamenti di gatti».

«La musica di Henze non è poi così moderna».

«L'opera è stata rappresentata?».
«Sì, spesso, anche negli Stati Uniti».
«Come si chiama?».
«Boulevard Solitude».
Sorride. «Un po' manierato».
«Se lo giudichiamo oggi, certamente. Ma la prima è stata nel 1952».
«Dove?».
«A Hannover».
«Eri presente?».
Annuisco, e di nuovo si stringe nelle spalle.
«Chacun à son goût. Davvero, non ti capisco. Che ti piaccia viaggiare per quel paese… In fin dei conti i tedeschi hanno ucciso tuo marito. Te ne sei dimenticata?».
«John» dico implorando. Vorrei alzarmi, scappar via, via, soltanto via. Ma lui dice come un ordine: «Andiamo a casa mia. Pago e prendiamo un taxi».

Non è proprio quello che avrei voluto, ma forse è meglio che rimanere qui. Anche il fatto che voglia prendere un taxi e non guidare lui mi fa piacere. Prima andavo spesso in macchina con lui, nella sua piccola Opel, e tutte le volte era una tortura, perché guardava dappertutto fuorché la strada.

«A casa»: un appartamento arredato in modo molto borghese, con quei mobili coordinati che sembrano appena usciti da un negozio. Da nessuna parte, dell'arte. Niente in giro, nessun libro, nessun giornale. La padrona di casa, evidentemente appena tornata dal parrucchiere, vestita in modo sportivo e chic, mi saluta senza freddezza né cordialità, ma senza neanche farmi capire che disturbo.

«Mio marito mi ha raccontato che lei vive in Svizzera».
«No. In Germania».
«Oh!» un grido spaventato, pieno di paura, come se dalla mia borsetta fosse uscita, strisciando, una vipera.

La figlia, grassoccia, truccata, profumata, le avrei dato diciotto anni, è seduta in una grande poltrona davanti al televisore che spegne velocemente senza alzarsi.

John interviene e spiega a sua moglie: «Ma ha una casa in Svizzera». Non diventa neanche rosso per la bugia.

La moglie dice: «Amiamo molto la Svizzera, vero, John? Siamo stati a Zermatt e nell'Engadina. Dov'è la Sua casa?

«Nel Ticino».

«Non lo conosco».

John spiega il Ticino: «Una specie di Florida dell'Europa».

Poi chiede alla figlia (perché lo fa, lo sanno gli dei): «Sai chi è Picasso?».

«Beh, un qualche pittore».

«Ha dipinto un famoso quadro che si chiama *Guernica*. Si trova al Museum of Modern Art».

«Che significa *Guernica*?».

«Guernica è il nome di una piccola città che è stata bombardata dai tedeschi. Molti bambini vi trovarono la morte».

«Bambini ebrei?». Lo chiede con una certa avidità, i suoi grandi occhi – gli occhi di Hans – luccicano pieni di bramosia.

«No. La città si trova in Spagna. Bambini spagnoli, cattolici».

«Ah, perché lo racconti, Daddy, che te ne importa».

«È un dipinto famosissimo. Potremmo andarci insieme a guardarlo».

«Ma tu sai che non me ne importa niente dei quadri».

«Se non vuoi, allora no».

La figlia dell'uomo che una volta disse: l'arte, in fondo, esiste in tutti i paesi e di altro non ho bisogno.

La figlia che non deve sposare un non-ebreo si è nel frattempo alzata dalla poltrona e dice scorbutica: «Ci avete interrotto mentre guardavamo la televisione. Vorrei continuare a guardarla».

«Come vuoi, darling».

La darling accende l'apparecchio e si siede di nuovo nella grande poltrona.

Noi stiamo intorno, costretti a guardare lo schermo. C'è un film di guerra. Vietnam? Cambogia? Non lo so. In ogni caso ci sono dei giovani e aitanti eroi americani che combattono contro gli abitanti di un villaggio nella giungla. Macché combattono! Da un aeroplano gettano delle bombe sul villaggio fatto di capanne coperte di paglia.

La giovane Judy è là seduta, protesa in avanti, con il viso voluttuoso, ma forse me lo immagino soltanto. E a ogni esplosione batte con la destra a forma di pugno dentro la sinistra che tiene aperta.

Ma io non posso fare a meno di guardare lo schermo, devo vedere le esplosioni, il fuoco, che prorompe dalle capanne, e d'un tratto sento il cavallo di *Guernica* gridare per il pericolo mortale. Voglio tapparmi gli orecchi, anche se so che non servirebbe a nulla.

Hans guarda verso di me, cinereo e alterato in viso. Ogni volta che il pugno di Judy sferra il colpo, trasale, come se la ragazza avesse colpito lui. Improvvisamente dice a voce bassa in tedesco, quindi chiaramente destinato soltanto a me: «L'arte non esiste più».

E poi, quasi implorando: «Vieni nel mio studio».

Mi alzo volentieri, lo seguo e mi vedo in quella grande stanza, che lui chiama il suo studio, di fronte a lui dietro a un'enorme scrivania. Neanche qui c'è un solo oggetto che potrebbe avere a che fare con l'arte.

Lì seduto si prende la testa tra le mani e con spavento vedo che gli scorrono lacrime tra le dita.

Come per scusarsi, dice: «Judy non riesce a perdonarmi che mi sono messo al sicuro sfuggendo all'Olocausto. Non riesce a capire come io abbia potuto accettare l'assassinio di mia sorella».

«Che significa "accettare"? Avresti dovuto ucciderti?».

«Forse sì. I miei coetanei sono stati torturati e assassinati nei lager, come tuo marito. E io, invece, qui sono andato di nuovo all'università per studiare giurisprudenza. Non ha in me un elemento a cui aggrapparsi».

Dopo aver detto queste parole tutte d'un fiato, ripete ancora tra le lacrime: «L'arte non esiste più».

«Ma certo, John, che c'è ancora l'arte. L'arte è sempre esistita da quando esistono gli uomini. Una volta – è passato moltissimo tempo – di ritorno da Maria Laach per Francoforte, mi hai detto: l'arte, in fondo, c'è in tutti i paesi e non ho bisogno d'altro».

«Che memoria hai, è terribile. Bisogna stare attenti con una come te».

Col fazzoletto si asciuga le lacrime dal viso.

Sarebbe meglio che ora me ne andassi, che ci faccio ancora qui? E lui certo sarebbe contento di levarsi di torno il testimone della sua debolezza. Ma la curiosità mi costringe a rimanere e a chiedergli: «Dì un po', come mai ci sono tanti quadri che non ti piacciono?».

«Cosa intendi dire?».

«Al museo hai detto della maggior parte dei dipinti che sono orribili».

«Infatti lo sono. Orribili e inferiori».

«*Guernica*?».

«Dipinto dopo il '33, e si vede».

«Picasso l'ha potuto dipingere soltanto sotto l'impressione del bombardamento».

Mi guarda con occhi pieni di rimprovero. «Come se un quadro del genere avesse qualcosa a che vedere con la realtà. Un incubo. È un dato di fatto, comunque, che dopo il '33 non è stato creato niente di veramente buono».

Lentamente comincio a capire. Nel '33 è caduto un sipario. In quel momento il mondo si è fermato. Il suo mondo. Anche il mio.

Nonostante tutto, dopo molte lotte, questo mondo, anche se cambiato, io l'ho ritrovato. Ora mi rendo conto che anche i pochi quadri al museo che gli sono piaciuti erano tutti dipinti prima del '33.

Si appoggia all'indietro e dice ancora una volta, cocciuto come un bambino a cui hanno tolto il trenino: «L'arte non esiste più» e mi guarda a mo' di sfida, per vedere se in definitiva gli do ragione.

Invece dico: «La pensi come Adorno, che sia barbaro scrivere ancora una poesia dopo Auschwitz?».

«Non so» bisbiglia.

«Vedi, John, io credo che l'arte abbia a che fare più col grande dolore che con la grande felicità, ammesso che esista».

«Non sanno far niente, i moderni» dice testardo e aggiunge spiegando: «È certo tutto diverso per te. Io sono stato un amante delle arti, tu sei un'artista».

«Sai, John, questa parola non mi piace molto. È pretenziosa e spiacevolmente modesta allo stesso tempo. I cantanti sono degli artisti, anche i musicisti, i pittori, gli scultori. Per queste cose bisogna aver studiato e imparato, non tutti ne sono capaci. Per scrivere basta il talento e un cervello che funzioni. Un po' di spirito di osservazione. E poi la parola artista ha un sapore fatale di bohème, come dire: posso fare quello che voglio, vivere come mi pare, il mondo non mi riguarda. E quello che faccio non è davvero di questo genere».

«Ha a che fare piuttosto con la politica?».

«Sì, John, piuttosto con la politica. Noi, che non dovresti chiamare artisti ma scrittori, autori, abbiamo la maledetta responsabilità di far capire alla gente come va veramente il mondo e che gli uomini sono degli assassini».

«Far capire Guernica?».

«Guernica e Auschwitz e molte altre cose».

«Per esempio?».

«Per esempio bombe atomiche buttate giù».

«Buttate da noi».

«Non da te, John, e, come spero, neanche con la tua approvazione. Ma dal tuo grande, libero, democratico paese».

«God's own country».

«Per accettare questo bisognerebbe credere in Dio».

«Non credi in Dio?».

«No, John, non sono credente. Non ho mai creduto. E se lo avessi fatto, probabilmente dopo Auschwitz e Hiroshima la fede mi sarebbe passata».

Infelice, assalito da una profonda tristezza, scuote la testa.

«Morirai senza consolazione».

«Morirò con la certezza che per me finalmente, finalmente, è finita, che entro nel nulla dove non c'è Hiroshima, non c'è Auschwitz, non c'è Guernica».

«Mi rimproveri di essere diventato avvocato invece di lottare?».

«No, John, il mondo non ha bisogno di soldati ma di leggi e di uomini che sanno trattare con le leggi. Inoltre, io sono figlia di un avvocato e sorella di un avvocato. Mio padre e mio fratello sono stati per me le persone tra le più vicine, tra le più amate».

«Perché dici che il mondo non ha bisogno di soldati?».

«Perché ne sono convinta, John».

«Si deve difendere la libertà».

«Chi è "si"? E cos'è "dovere"? E cos'è la libertà?

Libertà per chi? Certo non per i diseredati e per quelli che non contano nulla. Di chi, dunque, "si" è difensori?».

Mio Dio, dove siamo andati a finire? Mi guarda triste: «Non ami la vita?».

«L'ho amata molto, e appassionatamente, la nostra verde terra, fino a quando gli uomini non hanno cominciato a distruggerla. Il resto è lutto».

Scuote la testa: «Io amo molto la vita. E naturalmente mia moglie e i miei figli».

Eccolo di nuovo quel "naturalmente" che non mi piace.

Ma questo mi aiuta ad alzarmi, finalmente, e ad andarmene. Anche lui si è alzato, mi prende la mano e la stringe con forza, quando dice: «Mi ha fatto tanto piacere rivederti. Non sono molte le persone con cui posso parlare di queste cose. Sono state due belle ore».

Annuisco. Ma che rivedersi mi abbia fatto piacere e che abbia trovato belle le ore passate con lui non riesco a farmelo uscire di bocca.

Esco senza più incontrare la moglie e la figlia, faccio cenno a un taxi per la strada e torno in albergo.

Don't touch me

No, pensa Esther, non avrei dovuto venire qui. La decisione di non toccare mai più il suolo tedesco è stata giustissima. Ma allora perché l'ho fatto? Solo per compiacere mia cugina Rosa, di cui non mi è mai importato granché? Come se a New York non fossi stata proprio bene! Questo desiderio fatale di fare nuove esperienze! E ora sono seduta in macchina, accanto a questo tipo ripugnante, l'amico di Rosa. A che serve, alla nostra età, avere ancora un amico? E non sa neanche guidare, guarda dappertutto fuorché la strada. Mi spiega con quel suo accento rozzo le bellezze del paesaggio bavarese. Orrendo, semplicemente orrendo. La Baviera sarà anche abbastanza bella ma non per me, non per chi è stato ad Auschwitz. Rosa quell'esperienza non l'ha fatta. Rosa si era nascosta a Berlino, dov'è rimasta dopo la guerra. Beh, se a lei sembra giusto. Affar suo. Quando è che l'ho vista l'ultima volta? Agli inizi degli anni Cinquanta a Lugano. Eravamo tutte e due lì per un soggiorno di cure pagate dal fondo di riparazione,[1] io per riprendermi da Auschwitz, lei per riprendersi dalla clandestinità. Credo che sia stata tanto poco entusiasta di me quanto io di lei. Dopo, le nostre strade si divisero. Si trasferì a Monaco, io a New York.

---

[1] Fondo della Repubblica Federale Tedesca per le vittime del nazismo. (*N.d.T.*)

Ora mi ha attirato qui, con i suoi discorsi: i tedeschi sono simpatici e gentili. Sono invece scorbutici e cupi. E questo tale che mi scarrozza in giro! Sempre sulla sinistra della strada. Ora vuole superare un camion. Mah, speriamo che vada bene. Uff!, l'abbiamo passato. Da destra arriva una macchina. Non la vede? No, no.

Poi lo schianto, e tutto si fa buio. Nel profondo della notte Esther si sveglia, non sa dov'è, tasta intorno a sé, sente del metallo freddo, ha un mal di testa martellante e la nausea. È sdraiata sotto una coperta e mette fuori un piede. Qualcuno lo prende e lo rimette a posto. Delle persone parlano accanto, a destra e a sinistra, sopra la testa, con disinvoltura e ad alta voce, parlano in tedesco. Cerca di alzare la testa, non è possibile.

Delle braccia l'afferrano da sotto, la sollevano e la portano via con la coperta. Ora è sdraiata su qualcosa che ha delle ruote. Viene spinta verso una cosa che sembra un tunnel. Allora comincia a gridare: «Non nel gas. Non nel gas».

Il giovane con il camice bianco che le cammina accanto le mette una mano sul braccio e chiede gentilmente: «Che succede?». Dall'altra parte un'infermiera indica il numero blu, tatuato sul braccio di Esther.

Il medico continua, con dolcezza: «Non abbia paura. Nessuno le fa del male. Vogliamo soltanto sapere che disturbi ha. A questo scopo bisogna fare una tac. Lo sa, cos'è una tac?»..

Lei scuote la testa. Le fa male.

«Ha avuto un piccolo incidente d'auto. Si ricorda?».

«I don't remember».

«Non vive qui sempre?».

«No, I don't».

«Ma capisce il tedesco?».

«Ja».

«Do you prefer to speak English?».
«Yes, yes».
Le dà dei colpetti al braccio. Ecco che ricomincia a gridare ma esce soltanto un gemito: «Don't touch me».
«Ma la devo toccare. Altrimenti non possiamo vedere che problemi ha».
«No. Don't touch me».
Va avanti in questo modo. Ogni volta che qualcuno la vuole toccare, grida. Le grida le fanno male.

Arriva Rosa e dice che, se Dio vuole, al conducente non è successo nulla. Ma passerà dei guai perché la colpa è stata sua. Per Esther la cosa è indifferente. Anche se fosse morto. Gli starebbe bene.

Il medico che parla inglese è di nuovo lì e parla sottovoce con Rosa, naturalmente in tedesco. Probabilmente dice che sono un caso difficile. Può darsi che abbia ragione. Per me anche la Germania è un caso difficile. Morirò? Uccisa da un tedesco, cinquanta anni più tardi. Non c'è male. Dà un senso alla storia.

Ma voglio tornare a New York. Là sono a casa mia. Auschwitz non è in Baviera. Ma quella grassona della Traudel, che appena poteva picchiava, lei era bavarese. Non è riuscita a spezzarmi ad Auschwitz, non ce la farebbe neanche qui. Se apparisse qui, potrei denunciarla. Attenzione: sono una cittadina americana. Ma è permesso curare uno straniero contro la sua volontà? Ecco che arriva il medico, e mi vuole toccare: No, no, don't touch me.

Esther riesce a imporsi, per due giorni e una notte; il terzo giorno muore per le ferite interne che i medici non hanno potuto diagnosticare. Viene sepolta a Monaco.

La casa nel deserto

Sul Wilshire fermai un taxi e detti l'indirizzo. L'autista, un bianco, scosse la testa e proseguì nella corsa. Al volante della macchina libera che veniva dopo sedeva un nero. «Sorry, lady» disse prima di dare gas.

Allora non mi rimase altro da fare che risalire il Wilshire. Risalire o discendere, dipende: i numeri civici diventavano più bassi, ma poiché mi dirigevo verso i colli avevo l'impressione che la strada salisse. Su e giù, up and down, mi avvicinavo a downtown, al centro, o me ne allontanavo? È possibile, in definitiva, dire downtown in questo mostro urbano, visto che ce ne sono talmente tanti di downtown? Beverly Hills ne ha uno e Hollywood, Santa Monica, Westwood, Glendale, Pasadena, la Valley e infine anche la stessa Los Angeles.

Oltre a me nessuno camminava a piedi. Nonostante il pieno sole le colline erano avvolte dalla foschia, tra poche ore ci sarebbe stata la nebbia.

Camminavo e camminavo e camminavo, in su, in giù, per il Wilshire, una delle strade più lunghe del mondo – la più lunga è il Sunset, che si snoda in un cerchio concentrico: se avessi voluto stabilire un record, avrei fatto meglio a cambiare e ad andare sul Sunset. Un articolo sul *Los Angeles Times*, la mia foto in prima pagina: un nuovo record mondiale, turista tedesca conquista il Sunset Boulevard.

Mi ero incamminata a Beverly Hills, ero arrivata a Hollywood, lasciai il Wilshire e proseguii sul Hollywood Boulevard, dove l'ambiente era meno elegante ma un po' più vivace. I cinema sembravano i baracconi di una fiera, templi esotici fatti velocemente con cartapesta e legno, Audrey Hepburn, O'Toole, grandi come case, le pietre del selciato portavano i nomi di stelle, quelle conosciute, quelle dimenticate e quelle che non si è sicuri di aver mai sentito nominare. Avvertivo sempre una pressione alla testa, il clima californiano, tanto lodato, non mi faceva bene.

I piedi mi dolevano, avevo fame e sete. In un drugstore bevvi una tazza di caffè e quando uscii c'era la nebbia. Non nera o gialla come a Londra: le ciocche grigie che si posavano intorno alla testa, al collo e alle gambe, finché non fui, alla fine, del tutto avvolta dalla spessa ovatta.

Gli opuscoli turistici, dove la città degli angeli è raffigurata come un mare di case bianche sotto un cielo limpido, non parlano dello smog. Persone del luogo mi dissero che esisteva solo da un paio di anni, solo da quando c'erano tante macchine e tante fabbriche. «Che ci vuol fare, tutto ha il suo prezzo». Era la nebbia della prosperità dei sei milioni di abitanti, con quella era stata pagata una casa dopo l'altra, i giardinieri l'accettavano in cambio di cespugli di camelie e di ibisco. Gli attori la mettevano in conto per procurarsi la gloria di fare film a Hollywood, e gli emigrati, abituati al rigido clima tedesco, non si sentivano danneggiati se pagavano un prezzo in cambio della libertà e dell'eterna primavera.

Avevo l'intenzione di restare solo poche settimane e non avevo certo voglia di pagare più dello stretto necessario per un periodo così breve. La nebbia mi disturbava, mi riempiva i polmoni e rendeva il cammino ancora più difficile. Le luci mi scivolavano davanti in silenzio, gli Stati Uniti sono un paese silenzioso. Con le mani dipanavo l'ovatta: era densa, sulla fronte mi si formava del sudore. Avrei preferito tornare indietro o mettermi a sedere su uno scalino e se non ci fosse stato uno scalino sul marciapiede. Riposare e non pensare a niente, allora forse avrei potuto riflettere alle tante cose che da giorni questo clima fastidioso mi succhiava dal cervello. Ma non potevo restare, dovevo proseguire, lo zio e la zia mi aspettavano, li rivedevo dopo trent'anni: erano anziani e cerimoniosi, sicuramente per la mia visita avevano fatto dei preparativi lunghi e costosi.

Non che avessi mai amato in modo particolare questi parenti. Siamo stati sempre degli estranei, senza molto da dirci, vivevamo in due mondi diversi. Non parlai con lo zio per un paio di anni perché pensava che tutti i comunisti andavano messi al muro. Gli anni di Hitler, l'emigrazione e la persecuzione mi avevano resa più comprensiva: gli zii, un tempo benestanti, mi facevano pena. Fino a quando non ricevettero del denaro a titolo di risarcimento, hanno dovuto sbarcare il lunario lavorando in posizioni subalterne, lui come aiuto in uno studio legale, lei come cuoca. Camminavo a fatica nella nebbia e cercavo di convincermi che sarebbero stati felici del mio arrivo.

Non cedere, proseguire, camminare attraverso nuvole di gas tossici, sola, impotente, qui, in questa fine del mondo, un luogo diametralmente opposto a quello del nostro passato. Lo zio e la zia all'ultimissimo momento (la Polonia, il *playground* del genocidio, era ormai sconfitta e in mano tedesca) erano riusciti a mettersi in salvo; dati ormai per spacciati da noi che vivevamo in Europa, ma fuori dalla Germania, improvvisamente ci scrissero da Cuba, dove aspettavano di immigrare negli Stati Uniti.

Per noi rimase un mistero capire come fossero riusciti loro, così poco pratici, così fuori dal mondo, a realizzare quello che nessuno di noi aveva saputo fare, e certo non l'avrei saputo neanche ora. Mia zia era sempre stata una che amava far mistero di tutto, ogni avvenimento, o ciò che lei riteneva tale, lo nascondeva subito agli occhi del mondo circostante. Una volta, quando era svenuta dopo aver fatto una lunga coda all'ufficio postale, tormentò se stessa e noi per mesi con la domanda se qualche estraneo le avesse frugato nella borsetta (da cui, peraltro, non mancava nulla). Certo, chiunque avrebbe potuto tranquillamente vederne il contenuto poiché lo zio e la zia conducevano una vita noiosa senza macchia né mistero. Allenati a tacere, anche ora non avrebbero certo parlato della loro unica azione, cioè di come erano riusciti a scappare dalla Germania di Hitler in guerra.

Dopo un anno trascorso all'Avana, fu il loro turno d'immigrazione e così si trasferirono a Los Angeles. Il clima meraviglioso (scrivevano nelle lettere che arrivavano a noi, che vivevamo in un paese già occupato, attraverso la Svizzera), fiori tutto l'anno, vicini di casa disponibili, tenore di vita molto alto, God's own country. Questo ci veniva scritto in inglese e in genere agli zii piaceva inserire frammenti della lingua nuova in quella vecchia. Niente più nostalgia di casa, *not a bit*, non il minimo desiderio di ritornare, anzi, a dire il vero avrebbero dovuto esser grati a Lui per avergli permesso di conoscere il mondo. Le lettere si chiudevano con: Dio punisca l'Inghilterra. A quanto pare non passava loro neanche per la mente che chiunque avrebbe potuto capire cosa intendevano con «Lui» e «Inghilterra». Ma noi non avemmo mai fastidi, forse anche il censore trovava quelle osservazioni soltanto sciocche.

Per molto tempo non si ebbero più notizie di loro, fino a dopo la fine della guerra, quando ormai quasi nessuno di noi era rimasto vivo. Lo zio e la zia ci mandavano dei pacchi di cose messe insieme a caso, ma noi eravamo grati di tutto. Scrivevano che noi dovevamo deciderci ad andare in America. Quasi mai una parola sui morti, forse per tatto, per non ferirci. Quando non potevano evitare di fare il nome di qualcuno, per motivi ereditari o altro, anteponevano l'aggettivo «povero». Il povero Eugen. La povera Elisabeth. Per il resto le lettere non erano molto differenti dalle precedenti. God's own country, la fortuna di avere un passaporto americano, la libertà.

Non era soltanto la compassione a spingermi attraverso la nebbia, era anche curiosità. Cosa se ne facevano della libertà? Perché non avevano mai scritto dei morti? Perché non ci avevano mai fatto domande sul destino del povero Eugen o della povera Elisabeth? E su quello del povero Otto, del povero Leopold, della povera Selma? Perché tacevano sui morti?

La strada che non sapevo più se era Hollywood Boulevard cominciava a salire ripida, e d'un tratto sentii della sabbia sotto i piedi. Sabbia scivolosa, sabbia portata dal vento, in un attimo ebbi la bocca e il naso pieni di granelli finissimi e mi misi a tossire.

Ma continuavo a camminare lo stesso. Cocciuta, imperterrita, come se avessi davanti un'importante meta da raggiungere ad ogni costo.

Poi la nebbia, d'improvviso, se ne andò, non si era dissolta né rarefatta: uscii all'aperto come attraverso una parete, nell'aria già fresca della sera, facilmente respirabile. Davanti a me il deserto, onde sabbiose, senza alberi, il colore quello di un gatto siamese.

Ero un po' ubriaca e questo mi piaceva. Il deserto mi piaceva, il colore siamese: più morbido, più tenero del giallo che conoscevo dalle immagini del Sahara.

Solo paesaggio, senza istruzioni per l'uso, senza traccia d'uomo. Ora il gatto siamese si faceva incandescente. Produceva i colori al suo interno, colori che erompevano dalla pelliccia: fontane di un rosso chiaro che nel ricadere splendevano purpuree fino a formare chiazze rosso-salmone, rosso-mattone, rosso-pomodoro, ai margini blu-violetto e viola e color terra di Siena e terra d'ombra. Ricoperte di reti argentee. The biggest, the greatest, the most wonderful, cominciavo a pensare con i superlativi di questo paese. Non grattacieli e ponti, non sale da concerto e ospedali, non department stores e supermarkets, neanche la mostruosità improvvisata delle main streets e gli alberi millenari del Redwood ci erano riusciti.

D'un tratto, come se qualcuno avesse girato un interruttore, la magia finì, il deserto era di nuovo quel gatto siamese grigio-beige, e quando anche il beige svanì, diventò grigio come tutti i gatti di notte, e dopo un po' non vi fu più alcun gatto ma solo un buio profondo.

Nello spazio infinito, lontano o vicino, davanti o dietro a me abbaiava un cane. Quando l'abbaiare diventò ululato, mi ricordai d'aver sentito dire che qui c'erano sciacalli, ma avevo dimenticato se erano pericolosi. Benché pensassi che non lo fossero, ebbi paura, proprio come succede da bambini: quando si ha paura senza sapere bene di che cosa. Ci si vorrebbe rintanare in una caverna buia, poter toccare una parete, sentire una voce che consola o una che rimprovera, una qualsiasi voce...

Poi notai la luce. Il piccolo luccichio tremolante di una candela. Mi calmai subito come se fossi certa che la mano che l'aveva accesa mi avrebbe protetta dagli sciacalli. Questa fiducia era strana, non la capivo, da quando in qua mi fidavo degli uomini? Da quando non mi fidavo di loro? Era da quando sapevo che sono degli assassini o già da prima?

La luce. Da dove veniva? Da una casa di contadini, da un allevamento di polli? Dubitavo che ci fossero case di contadini qui, allevamenti di polli forse sì. Possibilità inimmaginate per correre in libertà, per razzolare. Come si sarebbe sparsa in aria la sabbia! In quale altra parte del mondo i polli avrebbero potuto realizzarsi così bene razzolando?

Ma poteva anche trattarsi della capanna di un nero. Se fossi nera e vivessi in questo paese preferirei abitare nel deserto che nelle città. Anche correndo il rischio di aver meno *chances* di fuggire, se un giorno si giocasse il tutto per tutto. Questo lo sapevo, me ne intendevo di fuga, l'avevo imparato: per cinque anni fuggire e nascondersi. Bastava per diventare un esperto.

Solo cinque anni? Come se fosse facile togliersi di dosso un'abitudine entrata nel sangue. Il corpo, una volta messo in movimento, non si adatta alla quiete improvvisa. Gli è indifferente che non ci sia più la Gestapo a chiedergli di mostrare la carta d'identità, o un camion per la strada che va a prendere delle persone, o qualcuno di notte a suonare il campanello di casa, che i campi di concentramento siano diventati dei musei dove capelli tagliati e denti estratti si trovano dentro teche di vetro, e che non ci sia più motivo di fuggire. La fuga continua. Fuga dal nome; quando Auschwitz non era ancora un nome, non c'era bisogno di fuggire, ma chi lo ritratta ora quel nome? Chi mi dice che non sono i miei capelli, i miei denti? Intendevano me.

Fuga troppo tardiva o troppo precoce, non si giocherà il tutto per tutto, dicono i miei amici, impensabile nel paese di Dio. Quando mi portano in giro per mostrarmi le loro città e passiamo da strade piene di miseria, dove nessun bianco abita, allora accelerano e io so che vorrebbero tapparmi gli occhi. Mi spiegano che molte cose sono migliorate, che però non è possibile risolvere il problema razziale dall'oggi al domani. Si stringono nelle spalle, i miei amici, che sono tolleranti e progressisti e che nel sud probabilmente correrebbero qualche rischio in quanto considerati dei *nigger lovers*, e dicono: «Bisogna cominciare dal basso, dalle prime classi delle elementari. Lentamente, molto lentamente» e allontanano da sé la questione rinviandola ai loro figli.

Ora mi ero avvicinata talmente alla candela che potevo sentirne l'odore, profumava come lo spray per i capelli di *desert flowers* che mi ero comprata qui. Mi ricordavo dei tanti negozietti dove si vendono solo candele: grandi, piccole, colorate, bianche, nere, sacre e profane, decorate da piccole immagini e profumate. *Candlelight*. Quintessenza dell'abiezione e dell'*esprit* del gran mondo.

La mia candela del deserto era bianca, lunga, attorcigliata ed era infilata in un candeliere d'argento messo su un tavolo apparecchiato con una tovaglia bianca damascata, posate d'argento e porcellana di Meissen. Il tutto aveva quell'immagine di ricercatezza delle occasioni speciali, per nulla americano, piuttosto demodé, a casa dei miei genitori venivano usati candelabri simili, quando venivano ospiti che noi bambini chiamavamo di prima categoria. Ora vedevo chiaramente che non si trattava di un candeliere simile ma che era proprio quello, uno dei due candelieri della mia casa natale. L'avevo disegnato una volta e conoscevo le sue torsioni, le foglie, le rosette e quel punto nel piede di sostegno che era un po' ammaccato.

Ecco anche le sedie dorate da salotto dell'appartamento dello zio e della zia nella Franz-Joseph-Straße a Monaco, il divano viola di reps e il pesante buffet di quercia con al centro dell'alzata la veduta prospettica di Piazza S. Marco, la chiesa sullo sfondo, il campanile sulla destra, realizzata con intarsi di vari legni.

Nell'oscurità procedevo a tastoni verso sinistra per trovare la porta e il campanello. Ma c'era solo aria e sabbia. Soltanto dopo aver girato intorno al punto illuminato dalla candela ed essere tornata da dove ero venuta, mi resi conto che qui c'erano dei mobili nel deserto, semplicemente dei mobili, senza stanza, senza casa.

Non appena entrai nella luce, oltre la soglia che non era una soglia, mi sentii afferrare alle spalle da due mani ossute. Un viso premeva contro il mio. Avvertivo dei peli duri intorno alla bocca che mi baciava e ne fui commossa; per quanto potessi ricordarmi, la zia non mi aveva mai dato un bacio.

Mi scostò da sé guardandomi fissa con occhi di un azzurro acquoso. «Non sei cambiata per niente, incredibile, dopo tutti questi anni». Naturalmente mentiva, ero cambiata e sarei stata molto perplessa se avessi conservato l'aspetto del tempo in cui non conoscevo il «nome». Anche la zia era invecchiata, un fantasma alto ed emaciato, con un vestituccio nero, i capelli bianchissimi annodati sulla testa e una barba bianca sul mento. Ma le restituii il complimento e le dissi che anche lei era la stessa di trent'anni fa.

Rise scoppiettando come se avessi raccontato una barzelletta e chiamò con quella sua voce lamentosa e autoritaria che riconobbi immediatamente: «Maxl, vieni qua, presto, è arrivata».

Mio zio, che mi veniva incontro con passo elastico, portava una giacca da casa di broccato e, poiché a prima vista sembrava giovane, ebbi l'impressione che volesse andare a un ballo in maschera, uno di quei balli dove secondo la leggenda familiare aveva, forse, riscosso in passato straordinari successi. Soltanto quando mi tese la mano notai il volto afflosciato e le rughe profonde intorno alla bocca, modificata nella forma da una dentiera. «Che piacere averti qui. Ci hai trovato subito?».

«Lascia che riprenda fiato» disse la zia. «Ha fame, ovviamente, glielo leggo nel volto. E tu le impedisci di mangiare, con le tue chiacchiere».

Io e lo zio ci sedemmo a tavola, la zia indicò il candeliere e disse: «Un ricordo della tua amata mamma»; poi uscì, da un fuori nell'altro fuori. Quando tornò aveva in mano un vassoio con tre piatti, su ogni piatto una foglia d'insalata verde sulla quale, a forma di mucchietto, si vedeva una massa color grigio-rosa, decorata con una fetta di limone, un'oliva e una di quelle mele californiane piccole e rosse conservate in agrodolce e attaccate al gambo, che sembrano radici.

«Oggi mangiamo *à l'américaine*» disse lo zio. «In onor tuo. Per il resto, purtroppo, non siamo in grado di offrirti molto delle bellezze del nostro paese».

«Riuscirà certamente a godersele,» disse la zia «è così astuta».

Non mi era chiaro perché mi riteneva astuta e cosa intendeva con questa parola. Come ero arrivata ad avere una tale fama? Avevo forse, una volta, imbrogliato la zia, le avevo magari rubato qualcosa con l'inganno o ero riuscita a farle confessare uno dei suoi tanti segreti? Oppure le faceva semplicemente piacere poter dire, qui, dove conta solo il successo: «Ho una nipote astuta», non potendo citare nessun successo concreto di sua conoscenza ma lasciando aperta la possibilità che, grazie a quella caratteristica, lo potessi senz'altro conseguire.

La roba grigio-rosa era salata e aveva un sapore terribile.

«Eccellente» disse lo zio.

«Squisito» la zia. «Ma non credere che Maxl si accontenti. Vuole sempre mangiare le brioches bavaresi».

«Oppure gli gnocchetti dolci» disse lo zio.

«Oppure lo strudel di mele» la zia.

«O le crêpes con la marmellata di mirtilli» lo zio.
«O gli stinchi di vitella» la zia.
«Oppure le salsicce bianche» lo zio.
«O la zuppa di gnocchetti di fegato» la zia.
«Gnocchetti di fegato» ripeté con occhi roteanti. *«Knödel, schöner Götterfunken»*[2] cantava fra sé e sé. Improvvisamente batté il pugno sul tavolo gridando: «Ma non mi tocca mai. Mai mi tocca. Mai».

Gli era andato di traverso qualcosa e cominciò a tossire. Lei balzò in piedi e si mise a dargli dei colpetti sulla schiena. «Respira profondamente, Maxl, profondamente. Un due tre, un due tre».

«Le mie gocce» disse lo zio ansimando.

«Un due tre. Un due tre».

«Gocce».

«Un due tre».

La zia fece per afferrare con la destra le gocce sul buffet mentre continuava con la sinistra a dare colpetti alla schiena dello zio; sembrava un grosso corvo goffo che si è rotto un'ala e cerca invano di volare. In qualche modo riuscì a porgere la bottiglietta allo zio che ne tolse il tappo e versò le gocce su un cucchiaio.

«Un due tre, Maxl, respira profondamente. Un due tre». «Accidenti, credo di aver sbagliato il conto. Tu e il tuo maledetto un due tre. Ora non so se sono dieci gocce o undici».

«Buttale via, Maxl, veloce».

«No, le prendo».

«Dieci gocce ha detto il dottore, dieci, molto chiaramente. Buttale via, Maxl, buttale via».

«Le prendo».

---

[2] Citazione dal verso iniziale dell'*Inno alla gioia* di Friedrich Schiller («Gioia, bella scintilla divina»), ma qui con *Knödel*, gnocchetto, al posto di *Freude*, gioia. (*N.d.T.*)

«Vedi com'è lui,» disse la zia e cominciò a piangere «si vuole avvelenare per farmi del male».

«Le prendo, le prendo» gridò trionfante, gonfiando quelle gote afflosciate, quando lei gli si gettò sopra con un grido, facendogli cadere il cucchiaio di mano.

«Dio sia lodato» disse la zia afferrando un altro cucchiaio. «Dio sia lodato». S'impossessò della boccetta mettendosi a contare a voce alta. Quando arrivò al dieci, lo zio disse: «Hai dimenticato il sette».

«Sei sicuro?».

«Sicurissimo».

Con molta attenzione portò fuori il cucchiaio e lo riportò lavato. Poi cominciò di nuovo a contare. «Ora sono dieci».

«Sì,» disse lo zio «ora sono dieci. Ma non ne ho più bisogno. La tosse se n'è andata».

Continuammo a mangiare. Dopo quella roba grigio-rosa c'era macedonia in scatola.

«Tu sei fortunata,» disse la zia «non devi cucinare, tu».

«Sì, invece cucino da sola».

«No, *là* si ha una cuoca. E una cameriera. Niente frigorifero. Ma una cuoca».

«Io ho un frigorifero».

«Ridicolo. Non puoi prendermi in giro. Credi che non sappia come si vive *là*. Qui da noi avrai gli occhi fuori dalle orbite. Non immaginavi certo che God's own country fosse così?».

«Lo immaginavi così?» chiese lo zio.

«Certo che no» disse la zia. «Non ti ricordi come eravamo impressionati, all'inizio?».

«E lo siamo ancora» disse lo zio. «Ma ora è una sensazione diversa. Allora eravamo *greenhorns*, oggi apparteniamo a questo paese».

«*We are Americans*» disse la zia.

«Americani» lo zio.

«Cittadini» la zia.

«Di questo paese libero» lo zio.

«Qui da noi non ci si deve neanche registrare alla polizia» la zia.

«Questa è libertà» lo zio.

«Si può fare ciò che si vuole» la zia.

«Abitare dove si vuole» lo zio.

«Allora perché abitate proprio qui?».

«Los Angeles è la città più bella del mondo» disse la zia.

«Non intendo Los Angeles. Perché abitate così fuori città?».

«Non è così fuori» disse la zia. «Ti fa questa impressione. La nostra città è più grande di quanto voi in Europa possiate anche solo immaginare».

«Beh. Forse il clima del deserto fa bene alla tosse dello zio».

«Lo zio non ha la tosse» disse la zia.

«Neanche l'ombra di una tosse».

Finito di mangiare ci sedemmo nell'angolo soggiorno, io e lo zio sul divano di reps viola, la zia su una delle sedie dorate. L'aria notturna era fresca, avevo freddo.

«Posso avere una giacca, per favore?».

«No,» disse la zia che aveva la pelle d'oca al collo «non hai bisogno della giacca. Qui da noi è caldo».

«Eterna primavera» disse lo zio. «La California ha il clima migliore del mondo».

«Se solo penso» disse la zia «che freddo pativamo prima. Quanto si spendeva per il riscaldamento. Nessuna forza al mondo ci potrebbe indurre a tornare indietro».

«La tua vita è difficile?» chiese lo zio.

«Ma lei è coraggiosa» disse la zia.

«Ti fa penare parecchio?» domandò lo zio.

«Chi mi farebbe penare?».

Si chinò verso di me, mise la mano alla bocca e sussurrò:

«Lui».

«Lui non c'è più».

«Tutti *là* sono come Lui» disse la zia.

«Ma nessuno dice d'esserlo stato» lo zio.

«Povera Elisabeth» disse la zia.

«Povero Eugen» lo zio.

«Sai di cosa parliamo» la zia.

«Ho freddo» gridò lo zio. «Portami la sciarpa».

La zia balzò in piedi, la sedia dorata cadde. «Il mio Maxl ha freddo» urlava fuori di sé. «Su, su, andiamo a prendere una sciarpa a Maxl».

Uscì di corsa, tornò con una sciarpa e una coperta con cui avvolse lo zio.

«Hai la febbre, Maxl?» chiese.

«No» disse lo zio.

«Tira fuori la lingua».

Lo zio spalancò la bocca, tirò fuori la lingua e disse «Aah». Lei gli agitò la candela davanti alla faccia. «Un po' rossa, ma non c'è patina, se Dio vuole».

Si sedette di nuovo, la conversazione poteva proseguire. «Cosa volevi dire della povera Elisabeth?».

«Forse ce l'ho, invece, la febbre,» disse lo zio «mi sento strano».

Di nuovo la zia si precipitò fuori portandosi dietro un termometro che infilò sotto la lingua dello zio.

«La povera Elisabeth...».

«Stai zitta,» disse la zia «è troppo triste. Non puoi neanche immaginare tutto quello che è successo».

«Sì, cara zia, posso. Sono stati assassinati ad Auschwitz».

Il nome era ora nella stanza senza pareti, la riempiva, filtrava fuori, nel deserto, colmava il deserto, un esplosivo che mi ero trascinata dall'altro capo del mondo per lanciarlo in aria qui.

L'effetto fu immediato, lo zio cominciò a tossire, il termometro gli cadde dalla bocca, la zia gli dette dei colpetti sulla schiena e gridò: «Stai zitta, smettila, cattiva. Ecco cos'hai combinato».

«Non vogliamo parlarne» disse lo zio e smise di tossire. «Questo nome non lo pronunciamo».

«Non siamo senza cuore come te» disse la zia mentre raccattava il termometro. «Tutti si chiedono come fai a vivere *là*. Come può una persona dimenticare tutto così alla svelta?».

«Quelli là sono cattivi» disse lo zio.

«Gli americani sono buoni» la zia.

«Democratici» lo zio.

«Da noi cose del genere non possono accadere» la zia.

Ci fu una pausa, poi tutti e due:

«Non ne vogliamo sapere niente».

Questa frase era solo un'interruzione della pausa, un punto esclamativo solitario, dopo il quale non venne altro. Non sapevo neanche cos'altro sarebbe dovuto venire dopo, e neppure lo zio e la zia evidentemente lo sapevano. Il niente era assoluto. In un certo senso ne ero ammirata, produrre un niente assoluto non è tanto semplice e richiede grande fermezza.

Non credevo più che si potesse infrangerlo – mi avevano attirato con il loro «rodi, rodi, sgranocchia» nella casa stregata della loro mancanza di fantasia per ingrassarmi con quell'ottuso non-voler-sapere fino a farmi diventare pigra e fiacca e stupida come loro e matura per essere mangiata – quando d'un tratto tutto si trasformò e si dissolse in luce e ombra, in tiepida regolare luce e profonda bizzarra oscurità. La pesantezza si fece leggera, il tavolo pareva sospeso, il divano su cui sedevamo, la sedia della zia, i suoi capelli lucevano argentei come le cupole di S. Marco. Ciò che era senza stile aveva stile, ora, stile desertico nato dalla luce della luna.

La luna non era sorta, era sopra di noi, non la buona luna di casa nostra, bensì una coppa lucente aperta verso l'alto. Una luna estranea in posizione estranea in un punto estraneo: per la prima volta sentivo quanto fossi lontana dall'Europa.

Lo zio aveva reclinato il capo e guardava verso l'alto. Poi disse a voce bassa, un po' tremolante: «Di nuovo inondi bosco e valle silente della tua bruma».

Sbagliò la citazione, non se ne accorse, e probabilmente non sapeva neanche proseguire, ma per un attimo gli si leggeva in viso che quelle parole lo rendevano felice.

«Stupidaggini,» disse la zia «qui non c'è né bosco né valle. Non ti agitare, Maxl, per idiozie del genere».

«È di Goethe» disse lo zio. «Lo ricordo. L'ho imparato a scuola. È stato un bel periodo. Omnia Gallia est divisa in partes tres».

«È colto, tuo zio» disse la zia.

«Chi ha cultura conosce il mondo» disse lo zio.

«Abbiamo fatto il viaggio di nozze a Venezia» disse la zia. E indicò il buffet: «Quella è Venezia».

«Piazza S. Marco» disse lo zio. «C'è anche una Piazza S. Pietro, ma non ricordo dov'è».

«Non si può sapere tutto» disse la zia. «Conosciamo Venezia, Cuba e l'America».

«E *là*» disse lo zio.

«Certo, *là*, non c'è bisogno che lo dici, veniamo da *là*».

«Ma voglio parlare di *là*» disse lo zio. «Altrimenti si fa un'idea sbagliata».

«*Là* ci sono le montagne» disse la zia.

«E i nostri magnifici laghi prealpini».

«E prati pieni di primule».

«Genziana, quella corta e quella lunga, quella lunga ha anche un altro nome» lo zio.

«E il cocchiere Mischko che col tiro a due ci porta a Bad Kreuth» la zia.

«E la neve» lo zio. «La neve soprattutto. La neve scricchiola. La neve luccica. La neve è bianca e pulita».

«Qui non c'è neve» disse la zia. «Se Dio vuole non c'è neve».

«Un paese felice, dove non c'è la neve» disse lo zio.

«Happy,» gridò la zia «non felice, happy».

«Sì, happy» disse lo zio. «Lo diciamo sempre, che siamo happy qua, ma non felici».

«Shh,» s'intromise la zia con forza «questo lo dice la signora Joseph e ti ho già detto cento volte che non possiamo avere rapporti con lei. È di Deggendorf e suo padre era un mercante di bestiame».

«Generalmente frequentiamo solo gente di Monaco» spiegò lo zio.

«La nostra bella capitale» disse la zia.

«Ha il Palazzo Reale e il Teatro di Corte».

«Il Parco Reale e l'Oktoberfest».

«L'Oktoberfest?!» urlò lo zio. «Come parli altisonante. Si dice *d'Wiesn*».[3]

«Non ti agitare, Maxl, *d'Wiesn*».

«E il nostro inno nazionale» disse lo zio. «Dio sia con te, terra dei bavaresi».

«E comunque» disse la zia.

«Ma Lui, Lui» disse lo zio scuotendo la testa.

«Perché Lui non ci vuole bene» sussurrò la zia.

«Chi vuole bene a chi, del resto?» disse lo zio.

«Non puoi dirlo» disse la zia. «Qui ci si vuol bene».

«Tutti sono gentili con tutti» disse lo zio. «Il vicino aiuta il vicino, il ricco aiuta il povero, il bianco aiuta…».

---

[3] Espressione in dialetto bavarese per indicare la Theresienwiese, il parco cittadino dove si svolge l'Oktoberfest. (*N.d.T*)

Smise di parlare, mi guardò in cerca di aiuto e si schiarì la gola.

«Stai attento, Maxl,» gridò la zia «pensa alla tosse».

Lo zio pensò alla tosse e disse con forza: «Molte cose sono migliorate ma non è possibile risolvere il problema razziale dall'oggi al domani».

«I neri sono pigri e stupidi» disse la zia. «Ho avuto una donna di servizio nera. Non puoi immaginare cosa ho passato. Che sgualdrina strafottente. Non capiva mai quello che le dicevo. Non sapeva neanche bene l'inglese».

«Molte persone non ci capiscono» disse lo zio.

«Ma lei in particolar modo» insisteva la zia.

Lo zio annuiva.

«La cosa migliore sarebbe rispedirli in Africa» disse la zia.

«L'America agli americani» gridò lo zio.

«Non abbiamo bisogno dei neri, dei messicani e dei cattolici» urlò la zia.

«L'America agli americani» ripeté lo zio.

A grandi passi la zia andò al buffet e prese dal cassetto di mezzo, quello sotto Piazza S. Marco, una bandiera a stelle e strisce, la sventolò un paio di volte per aria alzando polvere e sabbia e se la mise intorno alle spalle.

Lo zio si liberò dalla coperta, si alzò e fece il saluto militare. «Il nostro paese» disse «è il baluardo della libertà e della democrazia. Da noi si sono realizzati i princìpi enunciati nella Carta Atlantica: non c'è né povertà né paura».

«Non ti agitare, Maxl» disse la zia. «Non ti devi ammalare».

«Non abbiamo abbastanza soldi per ammalarci» disse lo zio. «La malattia se la può permettere solo chi è ricco».

«Se non si è ricchi si è solo un numero» disse la zia.

«Un numero su una catena di montaggio» lo zio.

«*Là* era diverso» disse la zia. «*Là* un paziente non era un numero».

«*Là* era un essere umano» lo zio.

«Elisabeth e Eugen erano dei numeri, quando li hanno mandati al gas. E Otto, Leopold e Selma. Forse gli hanno iniettato del fenolo nel cuore o li hanno fucilati o ammazzati di botte».

«Stai zitta, persona senza cuore» sibilò la zia. «È proprio necessario che ne parli sempre?».

«Non ne vogliamo sapere niente» gridarono lo zio e la zia in coro.

«Non ci vogliamo pensare» disse la zia.

«E non vogliamo che nessuno ce lo ricordi» lo zio.

«Non siamo più come quelli *là*» la zia.

«We are Americans».

«Ci siamo costruiti una nuova vita».

«In questo paese,» disse lo zio «dove ci sono auto, radio, televisori, incubatrici, frigoriferi, polmoni d'acciaio, reni artificiali, macchine cuori-polmoni, lavatrici, lavastoviglie, calcolatrici, macchine da scrivere, macchine cinguettanti…».

«Non esistono macchine cinguettanti» disse la zia.

«Macchine cinguettanti ci sono» lo zio.

«Macchine cinguettanti non ci sono».

«Macchine cinguettanti ci sono, ci sono, c'è tutto da noi».

«Macchine cinguettanti no».

«Invece sì».

«No. Niente macchine cinguettanti».

«Vedi» disse lo zio «come mi rende la vita un inferno. Macchine cinguettanti ci sono».

«E io dico di no».

«Ci sono».

«Non ci sono».

«Macchine cinguettanti» urlò lo zio. «Cinguett… cinguett… cinguett…».

Non riusciva più a parlare, la tosse lo scuoteva.

«Non tossire, Maxl, non tossire» implorò la zia.

«Cinguett… cinguett…» fece lui, e la saliva gli usciva dalla bocca.

«Non parlare, respira profondamente, Maxl».

Gli batteva la schiena, cercava le gocce, gli andava intorno saltellando: un grosso uccello nero.

«Respira profondamente, Maxl, profondamente. Un due tre. Un due tre».

Me ne andai, seguii la direzione da cui ero venuta, i piedi sprofondavano nella sabbia, camminavo e camminavo e sentivo dietro di me l'un due tre farsi sempre più flebile.

La piccola Sonja Rosenkranz

Marthe Besson sedeva nel suo piccolo appartamento parigino, davanti a sé uno sgabello per appoggiare le gambe. Ora c'era sopra un bicchiere di vino rosso e accanto al bicchiere il telecomando del televisore già acceso. Marthe era in attesa di vedere un film sulla Resistenza in Francia. Per la verità non avrebbe avuto bisogno di vederlo; gli anni della Resistenza durante la guerra erano stati il periodo più importante della sua vita. Aveva aiutato molti a nascondersi, ebrei, perseguitati politici, patrioti onesti. Dopo la guerra, De Gaulle in persona le aveva messo al petto una medaglia stringendole per un momento la mano.

Era curiosa di vedere in questo film come altri avevano descritto la Resistenza. Non apparteneva a quel genere di persone che non voleva più saperne del tempo di guerra. Si sdegnava di un tale atteggiamento e pensava che non si dovesse dimenticare nulla di quello che era successo, in ricordo di chi era morto e per evitare in futuro fascismo e guerra. Ma non si nascondeva che lo slancio di un tempo aveva ceduto il passo a una stanchezza che la tormentava spesso e a una vaga nostalgia della vita attiva del periodo della lotta clandestina.

Il film annunciato in televisione stava per cominciare. I titoli di testa le scorrevano davanti. Nomi di attori, il nome (che non conosceva) del regista, dell'operatore, della montatrice e, proprio alla fine, la frase: *Consulenza artistica e storica: Blanche Molitier.*

Un colpo al cuore. Marthe Besson emise un grido silenzioso, si tirò su irrigidendosi sulla poltrona, le mani aggrappate ai braccioli.

Totalmente confusa e meravigliandosi molto di se stessa, Marthe pensò com'era stato possibile aver scordato il nome di Blanche Molitier. Non le venne in mente che a ogni persona, e anche a lei, poteva capitare di rimuovere qualcosa. Era stata una semplice insegnante d'inglese e di tedesco, una combattente attiva contro l'ingiustizia, la violenza e il disprezzo dell'essere umano, non una psicologa.

Ma ora, con quel nome sullo schermo, tutto le tornò alla memoria: la rabbia, il dolore ma anche l'antica energia e la sensazione di dover scoprire la verità ad ogni costo.

Mentre scorrevano le immagini del film, di cui quasi non si accorgeva, Marthe pensò intensamente a quello che era accaduto allora.

Tutto ebbe inizio il giorno della sua visita a Heinz e Gaby Rosenkranz. I due erano di Berlino; li aveva conosciuti in una piccola libreria che ancora teneva i libri proibiti di scrittori tedeschi. Mentre erano a cena, una di quelle cene scarse, tanto comuni in tempo di guerra, Marthe Besson aveva pregato i due, come aveva fatto già molte volte prima, di salvarsi e non aspettare ancora a nascondersi. Come sempre, si erano rifiutati di entrare in clandestinità perché, così facendo, avrebbero esposto a rischio altre persone.

Ma poi Heinz Rosenkranz aveva detto che sì, ci sarebbe stato qualcosa per cui avrebbero accettato l'aiuto di lei, della cara amica: certamente sapeva dell'esistenza della loro nipote, Sonja Rosenkranz, unica figlia di suo fratello. Sarebbero stati felici di sapere al sicuro almeno la ragazzina, nel caso che a loro fosse accaduto qualcosa. Non sarebbe stato difficile sistemarla: era bionda, carattere tranquillo e comprensivo, non appariscente, dall'aspetto per nulla ebraico. Nessuno avrebbe dovuto accogliere Sonja gratis, perché la ragazza poteva pagare con i soldi portati fuori dalla Germania clandestinamente.

Si alzò, andò a prendere dall'armadio a muro una voluminosa busta chiusa e la porse a Marthe.

Poco dopo quella sera una vicina di casa telefonò a Marthe e le raccontò che i coniugi Rosenkranz erano stati arrestati di notte nel loro appartamento e portati via. La piccola Sonja Rosenkranz era sfuggita all'arresto perché dormiva nella mansarda.

Marthe si mise subito in cammino. Trovò Sonja in lacrime per la deportazione degli zii. I suoi genitori, diceva, erano rimasti in Germania e non sapeva se erano ancora a casa, se erano vivi. Ora si sentiva sola al mondo.

Marthe pensava che gli uomini certamente si sarebbero contesi questa creatura deliziosa. «Non hai il ragazzo?». Sonja scosse il capo: «Ne avevo uno. È rimasto là, forse chiamato alle armi subito dopo la maturità, forse è morto da un pezzo».

Il pianto si fece dirotto e Marthe poteva capirla anche troppo bene, la ragazza.

Più tardi Sonja la accompagnò alla porta e così Marthe si accorse della sua andatura un po' zoppicante: era la conseguenza di una poliomielite, ma questo piccolo difetto le dava un fascino tutto particolare.

Marthe promise di tornare presto, non appena avesse trovato un posto per nasconderla. Ma sembrava impossibile: nessuno voleva più accogliere una perseguitata. Alla fine un amico della Resistenza le parlò di una giovane giornalista, Blanche Molitier, che abitava sola in un appartamento abbastanza spazioso ed era conosciuta come buona patriota e persona energica. Lui lo disse ad un'amica che conosceva bene Blanche Molitier e che la informò dell'arrivo di Marthe.

Marthe ci andò subito, da un momento all'altro potevano esserci nuove retate. Blanche Molitier avrà avuto poco più di vent'anni, era carina e ben curata. Naturalmente avrebbe accolto una ragazzina in casa sua. Quando Marthe le disse che non avrebbe dovuto farlo gratis, lei, impaziente, fece un gesto con la mano come per dire che non importava. L'appartamento era bello e luminoso e Marthe ne era soddisfatta. Quello stesso giorno descrisse a tinte rosee il nascondiglio alla piccola Rosenkranz. «Sarei andata dovunque, anche in un buco pieno d'umidità. Anche fuori Parigi. Mi piace vivere in campagna» disse Sonja.

Alla televisione c'era ancora quel film sulla Resistenza. Marthe non guardava lo schermo, sedeva lì piegata in avanti, con le mani si copriva gli occhi. Ancora oggi non sapeva con esattezza cos'era successo realmente in quei giorni. Sapeva solo che lei, Marthe Besson, aveva fallito.

La sera dopo aveva portato la ragazza, macché, la bambina, da Blanche Molitier. Sonja le fece una specie di inchino e Blanche strinse la ragazza tra le braccia e la baciò. Marthe consegnò alla Molitier la busta con i soldi, pregandola di conservarli per Sonja, e se ne andò con un'impressione abbastanza buona. Per molto, troppo tempo non ebbe più notizia delle due donne.

Questo accadde poco dopo Stalingrado, quindi proprio a metà del conflitto. Qualche mese prima della Liberazione Marthe lesse in uno di quei volantini clandestini che allora si trovavano dappertutto che il cadavere di una giovane emigrata tedesca era stato ripescato dalla Senna. Portava un cappotto senza la stella, ma era ancora visibile il punto in cui un tempo era stata applicata. Grazie a un documento scolorito nella tasca del cappotto si poté stabilire il nome della ragazza: Sonja Rosenkranz. Per il resto non si sapeva nulla. Neanche se si era gettata nel fiume o se ce l'avevano spinta. Marthe all'inizio fu come paralizzata, per giorni aveva atteso una telefonata, un segno di vita di Blanche Molitier. Come mai Sonja era sparita dal suo appartamento, e come era arrivata alla Senna? E dov'erano i soldi?

Marthe aspettò e aspettò ma Blanche Molitier non si fece viva. Allora Marthe andò nell'appartamento dove a suo tempo aveva accompagnato Sonja. La portiera disse che Madame Molitier era partita da settimane. Dove, non lo sapeva. No, non era a conoscenza di una ragazzina che abitava da Madame.

Tutto era molto misterioso. Marthe chiese a quell'amico della Resistenza notizie di Blanche Molitier. No, la Molitier non faceva parte della Resistenza e non era neppure una compagna. E non sapeva dove era andata.

Per settimane Marthe ci aveva provato e riprovato. La Molitier era sparita come nel nulla. Era un'assassina? Una ladra? Una traditrice? Ma no, se avesse tradito Sonja, la ragazza sarebbe stata deportata ad Auschwitz o in un altro lager e assassinata lì. Ma perché la Senna?

Quando Marthe davanti al televisore si sciolse lentamente dall'irrigidimento, telefonò all'emittente, si fece dare il numero di Blanche Molitier e la chiamò subito. «Qui parla Marthe Besson» disse alla donna che rispose col nome di Molitier. «Forse non ricorda più chi sono». «Mah, sì» disse l'altra scortesemente. «Credo di sì. Cosa desidera?».

«Vorrei parlare con Lei. Quando posso venire a trovarla?».

«Mi dispiace. Nei prossimi mesi sono molto impegnata. Sto lavorando a un libro e quindi non mi è possibile ricevere visite. E non saprei neppure di cosa dovremmo parlare. Ci conosciamo appena».

E con queste parole agganciò il ricevitore lasciando Marthe in una cupa disperazione.

Che doveva fare? Per tanto tempo Blanche Molitier era sparita. E poi gli anni sempre uguali trascorsi a scuola avevano rimosso i ricordi della guerra. Ma doveva sapere cos'era successo allora.

Subito, immediatamente, doveva saperlo ad ogni costo.

Chiamò un compagno della Resistenza che conosceva come persona paziente e disponibile.

«Ti ricordi la giovane ebrea tedesca, Sonja Rosenkranz, che poco prima della fine della guerra fu ripescata nella Senna?».

«Devo pensarci. Sonja Rosenkranz? No, davvero. Cosa era successo alla ragazza?».

«È proprio quello che voglio sapere. La portai io stessa al nascondiglio, da Blanche Molitier. Come mai sparì da lì e com'era arrivata alla Senna? È questo che voglio scoprire».

«Dopo tutti questi anni?».

«Lo devo sapere. Anche se fosse passato il doppio del tempo, lo vorrei sapere».

Ci fu una lunga pausa, poi disse: «Lascia perdere. Ti procurerà soltanto delle noie, che vuoi che ne venga fuori?».

«C'è un'altra cosa».

«Sì? Cosa?».

«Soldi. Sonja Rosenkranz aveva parecchi soldi. Sono stata io a darli a Blanche Molitier quando le portai Sonja».

«Credi che la Molitier li abbia sottratti?».

«Sì, lo credo».

«Hai dei testimoni? Puoi dimostrare di averle dato il denaro?».

«Non lo posso dimostrare».

«Allora la tua dichiarazione varrà come la sua. Blanche Molitier è una donna abbastanza famosa. Si crederà a lei, non a te. Ti ripeto, Marthe, per la vecchia amicizia che ci lega, il mio consiglio è: lascia perdere. Comunque avresti dovuto tentare allora di chiarire la faccenda».

Era evidente che voleva interrompere la conversazione, Marthe però continuò a parlare: «Io ci provai, allora, a parlare con Blanche Molitier. Ma sembrava sparita dalla faccia della terra».

«E dopo la guerra?».

«La stessa cosa. Qualcuno raccontò, poi, che era andata in Spagna con un uomo ricercato come collaborazionista. Da Franco, dai fascisti. In fin dei conti, non c'è bisogno di saper altro di questa donna».

Niente riusciva più a fermare Marthe. Correva, correva, senza guardare né a sinistra né a destra. Una persona in preda a una furia cieca che non sa più dove viene spinta. Si rivolse a tutti i suoi amici – e ne aveva molti – pregandoli di aiutarla. Ma non trovò nessuno disponibile a seguire tracce ormai spazzate via dal vento. Tutti dicevano: una storia triste. Ma è successo moltissimo tempo fa.

In effetti, moltissimo tempo fa.

Una volta un signore anziano, uno stimato giornalista radiofonico, non un amico ma certamente un buon conoscente, le parlò molto seriamente: «Rinunci a questa impresa insensata, Marthe. Non serve a nessuno e Le rovina la vita».

Marthe però non poteva rinunciare. Una diga le si era rotta dentro e ora il ricordo la inondava con violenza.

Perché non aveva tenuto con sé la ragazza? Impossibile in quella situazione, con tutti i collegamenti che aveva con la Resistenza. La Gestapo poteva presentarsi da lei da un giorno all'altro. Perché non si era informata meglio sul conto di Blanche Molitier? Per la verità non sapeva niente di quella donna. Perché lei, Marthe, non aveva detto a Heinz Rosenkranz: non posso assumermi la responsabilità di tua nipote. Mi fa piacere aiutarla, ma assumermene la responsabilità mi pesa troppo. Devo occuparmi di troppe persone, devo procurare tessere annonarie e documenti falsi e distribuirli. Ebbene, non lo aveva detto e si era assunta la piena responsabilità.

Marthe si informò se durante la guerra si faceva l'autopsia a persone annegate nella Senna. Non era così. Se c'era una lista di quelle persone? Nessuna lista. La piccola Sonja Rosenkranz non era più piccola. Cresceva e cresceva nella povera testa di Marthe, che rimuoveva ogni pensiero eccetto uno, quello di Blanche Molitier.

Telefonò a Blanche Molitier. Ma al numero che conosceva raggiunse soltanto un nastro inciso; scrisse lettere a cui non ricevette mai una risposta; l'aspettò vicino alla sua abitazione. Ma avrebbe riconosciuto la Molitier? Doveva essere ormai una donna abbastanza anziana.

Allora le venne in soccorso il caso. Stava cercando alla televisione una trasmissione che le piaceva quando d'un tratto si imbatté in un'intervista a Blanche Molitier. No, non sembrava per nulla una donna anziana. Aveva un aspetto ben curato, era elegante, sicura di sé e pareva molto più giovane della sua età.

Marthe il giorno dopo aspettò davanti alla redazione del giornale. E infatti Blanche Molitier uscì. Aveva un'andatura a passi lunghi ed elastici e sembrava ancora più giovane che in televisione.

Marthe le si avvicinò lentamente.

«Scusi, Madame Molitier, posso parlarle un attimo?».

Blanche Molitier alzò la testa e guardò Marthe stupita: «Un attimo, sì. Cosa vuole?».

«Lei sa chi sono io?».

«Credo di sì. Madame Besson».

Marthe annuì: «Perché l'ha fatto?».

«Fatto che cosa? Non capisco».

«Lasciare andare o mandar via Sonja Rosenkranz».

Blanche sbottò in una risata breve e dura.

«Lei vuol dire quella piccola mocciosa che di notte di nascosto se ne andò da casa mia? È stato molto spiacevole per me, come può immaginare. Conosceva il mio indirizzo e chi scappa di nascosto dal rifugio è anche in grado di denunciare il suo ospite alla Gestapo».

«Ma non l'ha fatto».

«Se Dio vuole, no, e così, con tutti i sacrifici che ho fatto allora, sono passata attraverso la guerra abbastanza indenne».

«E i soldi di Sonja? Che ne è stato?».

«Cosa intende dire con "i soldi di Sonja"? Se ne aveva, li avrà portati con sé».

«La ragazza non li aveva. Io li consegnai a Lei. In una grossa busta».

Blanche Molitier si passò la mano sugli occhi: «Davvero non riesco a ricordare».

Per la prima volta Marthe notò con gioia che l'altra diventava insicura, e che per un attimo, veramente solo un attimo, aveva paura.

Aveva maltrattato la ragazza? Aveva abusato di lei? Com'era arrivata, Sonja, sulla riva della Senna e cos'era accaduto lì? Un salto nell'acqua o la spinta di un uomo sconosciuto, di una donna sconosciuta?

Non sarebbe mai venuta a saperlo, e da Blanche Molitier non avrebbe ricavato niente: l'affermazione che Sonja era scappata non poteva essere contraddetta, e del denaro nessuno ne sapeva nulla eccetto Marthe.

Uno dei pochi amici che ancora visitavano Marthe regolarmente disse un giorno: «Non preoccuparti troppo, cara Marthe, in fin dei conti con il tuo intervento hai salvato Sonja dal lager. Per esempio, dall'esser spinta nuda nel cosiddetto tubo, a Treblinka, verso la camera a gas».

«Vuoi dire che la Senna è stata meno grave?».

In qualche modo questo convinceva Marthe. Ma non è facile separarsi da un'idea fissa.

Treblinka, lo sapeva, era stato raso al suolo. Ma c'erano altri lager ancora esistenti. La visita a quei lager l'avrebbe potuta salvare dal suo complesso-Sonja?

Voleva provarci. Quando ancora insegnava, qualche volta aveva scritto su giornaletti francesi di provincia. Si rivolse allora alle redazioni promettendo servizi da ex lager tedeschi.

Alcuni erano interessati e addirittura disposti ad assumersi parte delle spese di viaggio. Blanche Molitier improvvisamente non era più così importante.

Fu così che Marthe andò da lager a lager, da Buchenwald a Neuengamme, da Dachau a Mauthausen e alla fine anche ad Auschwitz. Visitò tutto con quell'orrore che si impossessa di ogni visitatore, e ne scrisse, non senza aggiungere ogni volta che il lager era sicuramente la cosa peggiore che a un essere umano si potesse infliggere. Alla fine lo credette anche lei e così, grazie a tutto questo, la figura claudicante della piccola Sonja Rosenkranz impallidì sempre di più, venne relegata, come Marthe capì chiaramente, dove era stato sempre il suo posto: in triste compagnia dei tantissimi giovani promettenti, sotterrati in fosse comuni, che erano morti per mano di Hitler e delle sue canaglie.

La cosa più bella del mondo

Grigio e liscio è il mare. Le nuvole pendono basse fin sull'orizzonte. Non si sente niente di un mattino assolato e fresco, benché sia appena dopo le sei. Molto tempo prima avevano definito il mare Mediterraneo la cosa più bella del mondo, lui e Bella, quando, ubriachi di felicità, erano stati a Positano, e avevano camminato lungo la strada costiera per Sorrento e Amalfi, sempre in alto sopra il mare che, battendo le rive con onde leggere, verde smeraldo ai margini, poi nero sugli scogli coperti di muschio, passava al suo vero incredibile colore, quel profondo blu che era un po' più scuro del cielo e un po' più chiaro delle violette. La bellezza tout court. Passando per strette mulattiere erano saliti sul Monte S. Angelo. Dalla cima avevano il mare sui tre lati. Infinito, il mare li tentava a gettarvisi dentro e a dimenticare tutto il mondo. Quanto l'amava Bella il Mediterraneo! Vorrei morire, diceva, in questo preciso istante, morire per la felicità.

Ora Bella è morta, e lui, Ben, è seduto solo nella sua macchina parcheggiata sul lato della strada che porta da Santa Margherita a Portofino. Guarda la superficie grigia dell'acqua, le mani stringono il volante. Bella non è morta per la felicità, è stata assassinata in una camera a gas di Sobibor. Insieme a Ineke, la loro figlia. Forse neanche insieme, forse Bella non sapeva che la bambina dal nome non ebraico era morta così vicino a lei e come lei di quell'orribile morte. Ha pensato a lui Bella, al suo amato? Una persona che viene soffocata dal gas pensa ancora? Si sentiva sollevata che almeno lui fosse al sicuro in Inghilterra? Al sicuro? Era pilota della Royal Air Force e lanciava bombe sulla Germania. Poteva anche venire abbattuto. Non fu abbattuto. Dopo ogni volo l'atterraggio sicuro. Ogni volta che volava, il pensiero di Bella, l'amata che lo aspettava da qualche parte laggiù in basso sotto di lui, in Olanda.

Perché aveva acconsentito a fuggire col vecchio compagno di volo in Inghilterra senza di lei e la bambina per combattere con gli Alleati? Fallo per amor mio, aveva detto Bella. Lei non era in pericolo. A rischio erano solo gli uomini giovani. Nessuno di loro poteva immaginare allora, nel 1941, che tutti gli ebrei erano minacciati. Una donna giovane e bella e una bambina di dieci anni. Una bambina bionda e delicata con il nome non ebraico di Ineke.

Perché era fuggito lasciando Bella e la bambina? Impossibile far venire anche loro nel piccolo aeroplano che era partito di notte per trasportare in Inghilterra giovani decisi a combattere. Quella fuga non era avvenuta senza rischio. L'aereo avrebbe potuto essere scoperto e abbattuto facilmente. Vai per amor mio, aveva implorato Bella, e poi la terribile parola *Mauthausen* si era alzata come un muro tra di loro. Uomini giovani erano stati deportati a Mauthausen e da lì venivano notizie di morte. Fino ad allora nessuna donna era stata deportata a Mauthausen e tantomeno dei bambini.

Allora era andato.

Dopo la guerra partì per l'Olanda con uno dei primi aerei. I suoi genitori erano sopravvissuti nella clandestinità.

E Bella e Ineke? Silenzio sgomento. Anche loro si erano nascoste, furono tradite e portate via. Una donna, una bambina.

Controlla le liste dei deportati, nessuno di quel trasporto è sopravvissuto.

Va a Sobibor e non trova nient'altro che terra grigia mescolata a cenere.

Poi viene il momento in cui riprende la vita di una volta. È pilota collaudatore, senza alcuna gioia. Conosce Rosa, una vedova non più tanto giovane e non molto carina che era sopravvissuta nascosta ad Amsterdam, mentre il marito era morto ad Auschwitz. Fa l'amore con lei senza sentire amore. Ora lei dorme là in albergo a Santa Margherita, si sveglierà con il pensiero che domani andranno alle Cinque Terre per passarvi le vacanze estive. Ma lui sa che non è così.

Non vuole sposarla, glielo ha detto, e come potrebbe: è già sposato. A lei non va bene. Vorrebbe un figlio da lui. Un figlio dopo Ineke? Impossibile.

Con la mano destra apre il cassetto del cruscotto. Non ha bisogno di grande determinazione. Da tempo ha pensato a tutto fino nei particolari. Guarda quello che un tempo fu la cosa più bella del mondo e che ora non è più. Poi chiude gli occhi e vede Bella nella sua vestaglia celeste, l'ultimo regalo che le aveva fatto, i capelli color mogano le formano intorno al viso un ampio raggio fluente. La bella amata. Punta la pistola alla tempia, la mano è ferma. Sorride. Preme il grilletto.

E io? Testimone del dolore

Racconto, su richiesta dei padroni di casa, per una limitata cerchia di persone colte e eccezionalmente interessate, del periodo della clandestinità in Olanda. Mi è facile descrivere senza emozioni, in modo sobrio il mio nascondiglio dietro la parete di libri.

Una signora che mi siede di fronte e che mi aveva guardato a lungo e con molta partecipazione dice: «Che terribile paura deve aver avuto per tutto quel tempo». Annuisco vagamente in direzione della signora, senza obiettare e senza acconsentire.

Non posso dire: non ho avuto paura. Neanche un solo istante. La pura verità.

Dopo l'assassinio di Edgar, mio marito, nel lager di Mauthausen, tutto mi era talmente indifferente che non ci sarebbe stato né spazio né tempo per aver paura.

Una strana condizione dell'essere sospesi, del non-stare-coi-piedi-sulla-terra.

Portavo la mancanza di paura (non il coraggio, tutto ciò non ha niente a che fare con il coraggio) come una cappa magica. Mi nascondeva, mi rendeva inattaccabile.

Spesso finivo in situazioni estremamente preoccupanti. Me la cavavo sempre senza il minimo danno.

Mi rendo subito conto che a queste persone non posso raccontare di non aver avuto paura.

Non voglio che mi prendano per una bugiarda, una presuntuosa o per una cretina che non capiva il pericolo.

Dopo l'assassinio di Edgar non desiderai altro che la morte. Non potevo, non dovevo darmela da sola, perché non volevo fare a mia madre, che viveva come me nell'esilio olandese, quello che avevano appena fatto a me e perché già allora immaginavo ciò che più tardi sarebbe risultato vero: mia madre, quasi settantenne, senza di me non avrebbe avuto la minima possibilità di sopravvivere.

Quello che non ero riuscita a mettere in pratica io stessa che lo facessero i tedeschi, in quale modo crudele (e non mi facevo delle illusioni) mi era indifferente. Se solo potessi smettere di vivere, di piangere Edgar e di desiderarlo.

Mia madre, che diceva sì alla vita, così vivace, spiritosa e coraggiosa non doveva finire in un lager. (Delle camere a gas allora non si sapeva ancora nulla).

Ma soltanto molto più tardi, dopo la guerra, mi resi pienamente conto che noi due eravamo scampate alla morte per un vero miracolo e cioè quando capii quello che ancora oggi è tanto difficile da capire: era proprio vero che *tutti* gli ebrei erano destinati all'annientamento e in gran parte erano stati infatti assassinati.

Il pomeriggio, quando, da qualche parte a Monaco, racconto della clandestinità, è uno di quei giorni in cui rifletto intensamente su un libro da scrivere, dal titolo «Conseguenze tardive».

Capisco chiaramente che non c'è niente nella nostra vita di oggi che non sia una conseguenza tardiva: a cominciare dalle parole ipocrite di Kohl sulla «grazia d'esser nati dopo» fino al discorso del 9 novembre, ormai famoso e famigerato, di Jenninger[4] – che ascoltai alla televisione – e di cui mi fece meno male il contenuto che il modo monotono e indifferente con cui lo pronunciò.

Tutto intorno a me è una conseguenza tardiva perché il periodo hitleriano ha lasciato delle tracce così profonde che nessuno di quelli che vissero allora e forse solo pochissimi di chi è nato dopo vi si possono sottrarre. E io? Comincio dunque a riflettere sulle conseguenze tardive in me.

Senza la persecuzione avrei scritto? Sicuramente sì. Scrivevo da quando avevo quindici anni e non ho mai voluto fare altro. Avrei scritto diversamente? Certo. Sarei anche diventata un'altra persona se Edgar fosse rimasto con me.

Dal momento che vivo ancora, dopo la guerra è finita anche la mia mancanza di paura. Non sono mai stata, e non lo sono neanche ora, eccessivamente ansiosa, ma la mia cappa magica non c'è più. È superflua. Nelle nostre latitudini, almeno per ora e per me, non c'è più Auschwitz. Temo invece, come forse tutti gli uomini, la malattia e le debolezze fisiche che mi renderebbero completamente dipendente.

Come ho fatto però a continuare a vivere con tutto quel sapere dentro di me? Ricordo quelli che non hanno potuto, penso a Jean Améry, Primo Levi, Paul Celan e ora anche a Bruno Bettelheim.

La differenza è: loro sono stati nei lager, io no. Durante quel mese e mezzo (un'eternità) in cui Edgar si trovava a Mauthausen e io ricevetti da lui due lette-

---

[4] Phillipp Jenninger, presidente del Bundestag dal 1984 al 1988, si dimise a seguito dello scandalo provocato dal discorso da lui tenuto in occasione del 50° anniversario della «Notte dei cristalli». Ambiguo nella formulazione, da tale discorso non emergeva una chiara condanna dei crimini nazisti.

re che non lasciavano speranze, durante quel periodo e per molto tempo dopo, ho creduto di aver vissuto anch'io ogni orrore, ogni tortura, ogni dolore patito per i maltrattamenti e l'impotente disperazione per la morte violenta dei compagni.

Questa convinzione da un po' di tempo – una conseguenza tardiva – in me non c'è più. Primo Levi ha descritto i lager così minuziosamente che l'inimmaginabile è diventato un'immagine dai contorni precisi.

Per più di quarant'anni ho voluto credere di essere un testimone e questo mi ha permesso di vivere come ho vissuto. Non sono più un testimone. Non sapevo niente. Quando leggo Primo Levi so che non potevo davvero immaginarmi un campo di concentramento. La mia fantasia non era abbastanza malata.

Non sono stata – come allora qualche volta, forse spesso, forse anche sempre avevo creduto – insieme a Edgar a Mauthausen.

Era già morto da quindici giorni quando ricevetti la notizia: tramite una mia stessa lettera che tornò con l'annotazione scritta a matita rossa: «Destinatario sconosciuto», e accanto la runa della morte. Quale aspetto avesse la runa della morte l'avevo saputo da amici che avevano ricevuto una lettera simile indirizzata al loro figlio insieme alla notizia di morte data dal Consiglio Ebraico (nel 1941 questo ancora succedeva). Io ricevetti la notizia ancora una volta da parte del Consiglio Ebraico due settimane più tardi. Edgar era morto e io non l'avevo sentito dentro di me, non sono stata con lui a Mauthausen. Sedevo invece abbastanza al sicuro nel nostro appartamento di Amsterdam; al guardaroba accanto all'ingresso era ancora appeso il suo cappotto estivo grigio in cui potevo affondare la testa quando la sofferenza si faceva più acuta.

Come massima per una storia d'amore – la storia di Edgar e mia che scrissi due anni dopo, in clandestinità, seduta sulla scala che andava alla soffitta, unico luogo dove poter star sola – avevo scelto un verso del poeta ormai dimenticato degli anni Venti, Klabund: «Perdonami. Feci ciò che spetta a Dio soltanto: presi la tua mano per la mia, il tuo cuore per il mio». E ora quel cuore da settimane non batteva più, mentre il mio batteva imperterrito, in modo irregolare e come sempre un po' troppo veloce, ormai da cinquant'anni.

Non avevo sentito dentro di me che era morto. Che stupidaggine che si debba sentire una cosa del genere! Avrei potuto dire a me stessa (e a tutti quelli che lo volevano ascoltare o no) ogni giorno in cui era in quel luogo maledetto: so che è morto. E se l'avessi detto anche quel giorno che, dopo, fu indicato come quello della sua morte, allora avrei forse concluso di averlo sentito davvero. Ma io no. L'ho sempre lasciato fare agli altri, a chi gioca con le telepatie, a quelli persi dietro ai misticismi, che trovano un sostegno in qualsiasi religione, anche in quelle più distanti, a quelli che credono nell'ordinamento divino del mondo e in una vita e un rivedersi dopo la morte.

Come potevo sapere della sua orribile morte (ancora oggi non so come accadde) e della vita non meno orribile dentro al lager? Devo farmene una ragione e devo anche rendermi conto che l'affermazione di essere un testimone, da me espressa tante volte, si dissolve nel nulla.

Forse sono rimasta in vita perché la mia testimonianza non era sufficiente: sono testimone della persecuzione, neanche della deportazione, e sicuramente non lo sono degli orrori del lager. Primo Levi scrive (e intende per sopravvissuti coloro che sono sopravvissuti al KZ): «Noi sopravvissuti siamo una minoranza anomala oltre che esigua: siamo quelli che, per loro prevaricazione o abilità o fortuna, non hanno toccato il fondo. Chi lo ha fatto, chi ha visto la Gorgone, non è tornato per raccontare, o è tornato muto». Nonostante questa affermazione Primo Levi si è tolto la vita. Cosa devo dire io, che ho avuto l'illusione di essere stata tutt'uno con un altro essere umano che ha visto la Gorgone?

Tutte chimere, terribile sogno confuso. Ora so molto bene – e non soltanto nella mia fantasia surriscaldata – come andavano realmente le cose in un lager.

Ho scritto alcuni libri. Hanno raccontato agli uomini dell'insensatezza, dell'umiliazione, della cattiva coscienza di coloro che sono sopravvissuti, e sempre e sempre di nuovo del dolore che mai svanisce.

Dapprima nessuno li voleva leggere. Poi sono stati accettati, dopo moltissimo tempo.

Conseguenza tardiva? Non so.

Non è una storia per un libro da scrivere.

Non è affatto una storia.

La vita e l'opera di Grete Weil
di Camilla Brunelli

«Ebrea, nata nel 1906 sul Tegernsee, cresciuta a Monaco, figlia di un avvocato. Viziata, protetta in una famiglia alto-borghese visitata da avvocati e medici, artisti, socialisti e nobili. Nessuno chiedeva se eri cristiano o ebreo. Alla religione non si dava importanza, eravamo e rimanemmo membri della comunità ebraica ma non andavamo mai in sinagoga e festeggiavamo il Natale e la Pasqua».

Così Grete Weil, nata Dispeker, intervistata sul suo rapporto con la Germania, inizia il breve racconto della sua vita. Il quadro che la Weil traccia della sua famiglia si può riassumere in poche parole: alta borghesia ebraica assimilata («I miei genitori credevano alla simbiosi ebraico-tedesca come allora la maggior parte delle persone»), buon livello intellettuale, tolleranza e apertura mentale, concezione laica del mondo. Nessun conflitto religioso.

Anche in altre occasioni sono esplicite le sue considerazioni sulla vita di bambina protetta e integrata nel tessuto sociale della Baviera cattolica, conservatrice, ben consapevole delle proprie tradizioni. Si sente ebrea con forte identità tedesca e rivendica la laicità come caratteristica importante della propria vita familiare.

Gli ebrei, dopo l'emancipazione del 1871, l'anno dell'Unità della Germania, divennero cittadini a pieno titolo dell'impero tedesco senza che in realtà questa integrazione fosse dai tedeschi davvero riconosciuta come tale. Ma Grete Weil nasce in una famiglia in cui questo processo era ormai concluso e consolidato: i Dispeker si sentono cittadini tedeschi a tutti gli effetti. La città di Monaco e la Baviera con i suoi laghi e soprattutto le sue montagne sono sentite da Grete fin da bambina come luoghi che le appartengono e che ama.

Il rapporto con la madre è caratterizzato da gelosia e antagonismo e da un grande bisogno di accettazione da parte della figlia. La relazione è anche turbata da una tragica vicenda familiare che avrà, per Grete, serie conseguenze sul piano psicologico. Una sorellina maggiore muore a sette anni per un'operazione malriuscita di appendicite e solo dopo questa perdita i genitori decidono di mettere al mondo un altro figlio. Nascerà Grete. La madre serberà un ricordo sublimato di quella bambina che, naturalmente, era stata più buona e più bella. Grete, tormentata dai sensi di colpa che le vengono indotti dalla madre, si vendicherà ribellandosi negli anni dell'adolescenza. Grete sa di non essere stata una "buona figlia" per sua madre, di aver deluso le sue aspettative. Per la madre, comunque, la Weil farà nel periodo più drammatico della sua esistenza, quello della persecuzione nazista, scelte dolorose, determinanti per la sua vita e la sua opera.

Sente molto il suo essere sorella e, per questo, vicina all'amata figura della mitologia greca che l'accompagnerà per tutta la vita: Antigone. Nell'autobiografia descrive il forte legame che la lega al fratello Friedrich, il suo «Fritz». L'intenso rapporto con il fratello maggiore è ripreso nei romanzi di impronta autobiografica *Mia sorella Antigone* (1980) e in *Il prezzo della sposa* (1988) quando l'autrice descrive il legame quasi incestuoso tra Antigone e Polinice e quello tra Gionata e Micol.

Anche con il padre il rapporto è tenero e profondo; Grete ha una venerazione per lui. Gli è riconoscente soprattutto per quello che, con infinita pazienza, le ha insegnato e saputo trasmettere: simboli, immagini, leggende, storie, concetti, il fascino della parola. Le sue radici culturali sono ben ancorate nell'antichità classica e nella letteratura tedesca. In un'intervista Grete dirà: «Se amo la cultura tedesca? È la mia casa, sono cresciuta con Goethe e Hölderlin e perfino Shakespeare è per me ancora quello falsato romanticamente da Schlegel e Tieck».

A dodici anni comincia a scrivere, dall'età di quindici sa che vuole fare la scrittrice. La vita tranquilla dell'infanzia e dell'adolescenza viene turbata dalle prime esperienze di antisemitismo, di esclusione e di attacchi personali che la ragazzina, nel periodo scolastico, subisce con angoscia e incredulità.

I grandi eventi storici come la prima guerra mondiale e la crisi economica non hanno ripercussioni dirette sulla giovane Grete, ma gli eventi politici legati alla Repubblica di Weimar hanno pesanti conseguenze per la famiglia Dispeker: all'indomani del fallito colpo di stato di Hitler, proclamato nel *Bürgerbräukeller* di Monaco l'8 novembre 1923, l'avvocato decide di allontanarsi dalla città con la figlia diciassettenne dopo aver saputo che uomini delle SA lo stavano cercando. Dopo lo scampato pericolo, padre e figlia fanno ritorno a casa. In seguito Grete si avvicina a gruppi giovanili sionisti che però abbandona presto: troppo forte in lei l'appartenenza alla cultura tedesca.

Nel 1929, alcuni anni dopo aver finito la scuola femminile del *Münchner Mädchen Lyzeum am Annaplatz*, Grete decide di iscriversi all'università. Si presenta all'esame di maturità come privatista, ma viene bocciata. Le va male il compito di tedesco nel quale esprime concetti contrari all'ideologia nazionalista dominante.

A Francoforte ripete la prova e questa volta con successo. Qui inizia gli studi universitari, naturalmente scegliendo germanistica (segue anche alcune lezioni del giovane filosofo Theodor W. Adorno), poi frequenta l'Università di Berlino, quindi fa ritorno a Monaco dove prosegue gli studi. Gli anni dell'università, vissuti da giovane donna emancipata, sono anni di vita libera e anticonformista anche sul piano sessuale; è forte, negli «anni d'oro» della Repubblica di Weimar, il suo impegno politico a sinistra e frequenti all'università, soprattutto a Monaco, sono i duri scontri politici con l'estrema destra che avanza inesorabilmente.

Ma Grete lascia gli studi perché capisce che la situazione politica si fa sempre più pericolosa e che il suo futuro è compromesso. Nel 1930 conosce il coetaneo Klaus Mann, figlio di Thomas, che avrà un ruolo importante anche nella sua vita a venire.

Durante il periodo universitario, nel 1932, Grete sposa un cugino di secondo grado, Edgar Weil, di due anni più giovane, figlio di un piccolo industriale di prodotti farmaceutici. Il loro è un grande amore iniziato da ragazzi. Edgar è un promettente drammaturgo del maggior teatro di prosa di Monaco (*die Münchner Kammerspiele*). La vita di coppia dei giovani, una coppia «aperta», è felice e piena di stimoli, tra locali, teatri e riunioni di amici. Se il futuro desta qualche preoccupazione si minimizza però il pericolo insito negli eventi politici poiché, tra l'altro, alle elezioni del novembre 1932 i nazisti hanno preso un minor numero di voti che nel precedente turno elettorale.

Soltanto la presa del potere da parte di Hitler il 30 gennaio 1933 e la sua nomina a cancelliere del Reich scuote veramente le coscienze di Edgar e Grete Weil e del loro *entourage*: «Allora finalmente cominciammo a capire...».

Quando nel marzo del 1933 Edgar viene arrestato dalla Gestapo, Grete capisce d'un tratto cosa sia davvero il nazismo e quanto sia stata sottovalutata da tutti la terribile minaccia che incombeva sugli oppositori del regime e soprattutto sugli ebrei. Dell'arresto del marito e della traumatica presa di coscienza del pericolo la Weil dice: «C'è stato un momento in cui, come se un fulmine si fosse abbattuto su di me – è stata veramente una frazione di secondo –, compresi cos'era il fascismo. Se si poteva trattenere una persona per cinque giorni senza accusarla di qualcosa, allora avrebbero potuto trattenerla anche cinque settimane o cinque anni».

Quando dopo due settimane, grazie all'intervento di influenti personalità locali, Edgar Weil torna in libertà, ormai è tutto chiaro: non è possibile restare in Germania. Le cose per gli ebrei peggiorano, anche se lentamente: sempre maggiori umiliazioni, angherie e limitazioni dei diritti civili. Molti ebrei, però, compresi i genitori e il fratello della Weil, non comprendono a pieno la gravità della situazione. Infatti, quando Grete inizia a valutare la possibilità di emigrare, il fratello, contrariato, reagisce scrivendole: «Ti comporti come se intere famiglie venissero sterminate».

Edgar e Grete Weil, invece, sono rimasti traumatizzati e pensano seriamente di emigrare. Si organizzano già nel 1933. Come vivranno una volta all'estero? La loro formazione professionale non è conclusa, inoltre sono legati alla lingua e alla cultura tedesca, e questo renderà più difficile trovare lavoro fuori dalla Germania. È evidente che bisogna pensare a qualcos'altro per garantirsi la sopravvivenza. Grete vuole andare in Svizzera per l'amore della montagna, ma si rende conto della difficoltà di ottenere un permesso di soggiorno in questo paese così richiesto dagli esuli.

Le cose cambiano quando il padre di Edgar Weil dopo qualche esitazione (pensava che persone di teatro non avrebbero saputo occuparsi di affari) acconsente, incoraggiato da un conoscente olandese, a che il figlio diriga in Olanda una piccola filiale della sua impresa farmaceutica, che nel frattempo era stata "arianizzata". Nel 1934 Edgar emigra in Olanda, mentre Grete resta a Monaco per imparare il mestiere di fotografa, lavoro che può svolgere in un paese straniero senza necessariamente conoscerne la lingua.

Nei primi anni Trenta la Weil, che non ha mai smesso di scrivere dall'adolescenza, è costretta, dopo la presa del potere da parte dei nazisti, a interrompere l'attività di scrittrice: aveva appena terminato, alla fine del 1932, un manoscritto adatto, a suo dire, alla pubblicazione. Si tratta di *Erlebnis einer Reise* (Esperienza di un viaggio), una storia d'amore: la storia del giovane germanista Peter e della sua compagna Maria e del loro incontro con il biondissimo Johnny, dai tratti «ariani», di cui entrambi si innamorano. In questo «triangolo» Peter si allontana sempre di più da Maria che prende una decisione «a metà tra avventura e ordine» e parte da sola. Peter resta con Johnny; Maria «vede le due figure diventare sempre più piccole e nello svanire diventare una sola». Il racconto, che sarà pubblicato soltanto nel 1999, anno della morte dell'autrice, per oltre sessant'anni è rimasto sconosciuto al pubblico. È l'unico suo scritto che non subirà il «morbo Auschwitz» e che non sarà condizionato e segnato dalla Shoah e dalle sue conseguenze. Sorprendente, come una sorta di ingenuo presagio, è la descrizione del «seduttore» Johnny, di cui entrambi i fidanzati cadono vittima, l'immagine stessa della «tedeschità», le cui germaniche attitudini pochi anni dopo diventeranno metafora della distruzione dell'Europa. Maria, partendo e soffrendo, riuscirà a salvarsi, Peter ne resterà coinvolto.

Nel 1932 la creatività di Grete Weil subisce un'interruzione. La vittoria del nazismo significa la fine della scrittrice Weil che nessuno ancora conosceva né poteva conoscere. Grete non si fa illusioni ed è consapevole di ciò che l'aspetta nell'esilio. Non scriverà per dieci anni. In Olanda inizierà per i coniugi Weil una vita del tutto diversa.

Perché l'Olanda? Secondo le statistiche, dal 1933 al 1943 l'Olanda è il quinto paese d'emigrazione o di passaggio per i profughi ebrei dalla Germania. I primi a giungere in Olanda sono i perseguitati politici, anche non ebrei: sindacalisti, funzionari dei partiti di sinistra, artisti e giovani che non vedono al momento alcuna prospettiva in Germania e non hanno legami familiari. Non vogliono allontanarsi troppo dal paese d'origine, culturalmente affine, temendo una rottura definitiva, e sperano che il nazismo finirà presto in Germania.

Tra i profughi della prima ora si trovano dunque anche Edgar e Grete Weil, che raggiunge il marito nel dicembre del 1935. La scelta dell'Olanda, a detta della stessa Weil, si rivelerà sbagliata perché il paese è troppo vicino alla Germania.

L'Olanda, e soprattutto Amsterdam, negli anni prebellici diventa un vero e proprio centro culturale tedesco. I Weil non si inseriscono però in tale ambiente, peraltro tra i più stimolanti e vivaci dell'esilio tedesco e che Klaus Mann aveva contribuito a creare. Estranea la lingua, le persone, troppo dura e priva di illusioni è per loro la vita nell'emigrazione.

Per molti l'esilio ha significato la salvezza ma anche lo sradicamento da tutto ciò che determina l'identità di una persona. Lo scrittore ebreo austriaco Jean Améry – il suo vero nome era Hans Maier – che dopo l'*Anschluss* era fuggito in Belgio (sarebbe poi sopravvissuto alla detenzione nel carcere della Gestapo e al lager di Auschwitz) definisce la nostalgia di casa provata da coloro che dal Terzo Reich erano stati cacciati una forma di auto-estraniazione: «Il passato era di colpo sepolto e non si sapeva più chi si era».

Nei primi anni dell'esilio non scrivono perché, come afferma Jean Améry, «... era cambiato anche il rapporto con la lingua madre. In un senso ben preciso abbiamo perduto anch'essa, senza poter avviare un processo di restituzione».

La vita è diventata più dura di prima: Grete, tanto appassionata della montagna, non ama questo paese piatto. Il nord non le piace, oltre alla Baviera è sempre stata attratta dal Mediterraneo. Prima del 1940, anno dell'occupazione dell'Olanda da parte dei tedeschi, i Weil riescono ancora a fare un viaggio in treno in Italia, a Positano. Il viaggio viene descritto come un periodo di intensa felicità per la coppia.

Resta il grande rimpianto di non scrivere. Tuttavia la Weil riesce a svolgere l'attività di fotografa con una certa tranquillità. I clienti sono prevalentemente ebrei olandesi che le commissionano ritratti, soprattutto di bambini, e servizi fotografici di matrimoni.

Negli anni Trenta in Olanda vivono circa 140.000 ebrei olandesi: si trovano ebrei in posizioni socialmente elevate ma anche, e proprio ad Amsterdam, nel proletariato. Quando nei primi mesi del 1933 in Olanda arrivano dalla Germania notizie di atti intimidatori contro gli ebrei, nasce un centro di coordinamento per gli aiuti da parte di privati e di organizzazioni come il Comitato ebraico per i profughi dalla Germania. Dopo i primi mesi però la solidarietà iniziale cede il passo a una crescente diffidenza nei confronti dei nuovi arrivati, verso un comportamento religioso diverso, e per paura di concorrenza economica. La maggior parte degli ebrei tedeschi infatti non si adatta alla pratica ortodossa dominante in Olanda; molti intellettuali non sono neanche praticanti.

Anche per Grete Weil le relazioni con gli ebrei di Amsterdam non sono sempre facili: molti clienti non le risparmiano manifestazioni di insofferenza. Gli ebrei con cui viene a contatto sono del tutto estranei al suo ambiente, piccolo-borghesi o proletari, che lei non comprende e che non la comprendono: vedono in lei, innanzitutto, una straniera. Grete avverte il «destino comune, secolare e prossimo», ma al tempo stesso sente queste persone distanti, culturalmente e socialmente.

Si aggravano le persecuzioni nei confronti degli ebrei, culminanti in Germania nella «notte dei cristalli» del 9 novembre 1938. Il fratello Fritz emigra a Londra, la madre Isabella – il marito Siegfried era morto l'anno prima – raggiunge la figlia in Olanda. La politica aggressiva del regime nazista culmina nell'occupazione della Polonia e l'inizio della seconda guerra mondiale. Grete Weil ricorda l'inverno 1939-40 come uno dei periodi più terribili della sua vita.

Nella notte tra il 9 e il 10 maggio 1940 le truppe tedesche occupano l'Olanda. Il governo olandese e la famiglia reale fuggono in Inghilterra. L'Olanda firma la capitolazione incondizionata. Su ordine personale di Hitler l'Olanda non riceve, come il Belgio o la Francia, un'amministrazione militare tedesca ma diventa un *Reichskommissariat*, sotto il comando di Seyss-Inquart che può contare sulla collaborazione dei nazisti olandesi (NSB) e di buona parte degli apparati dello Stato.

La stessa notte dell'occupazione Grete Weil, in preda al panico, riesce a convincere il marito a fuggire con lei in Inghilterra via mare. È perfino disposta a lasciare la madre, ancora illudendosi che una donna anziana non possa entrare nel mirino dei tedeschi. La nave, sogno e approdo di tanti ebrei disperati, si rivela una trappola: uomini armati li minacciano chiedendo i loro soldi. Edgar e Grete Weil, quando capiscono che la nave non partirà mai, riescono a scendere e tornano ad Amsterdam. Per paura di perquisizioni Grete in casa brucia tutto quello che le sembra compromettente.

Con l'occupazione tedesca ha inizio la persecuzione sistematica degli ebrei. Grande la disperazione soprattutto degli ebrei tedeschi che hanno sperimentato il terrore nazista nel paese d'origine. Molti ebrei olandesi, invece, credendo di non avere niente da temere, minimizzano il pericolo.

Nel febbraio del 1941 si verificano scontri tra reparti paramilitari del partito nazista olandese e la popolazione del quartiere ebraico di Amsterdam: muore un nazista olandese. Il capo della polizia e delle SS Hans Rauter, commissario generale per la sicurezza, ordina lo sbarramento del quartiere e impone, per la città di Amsterdam, l'istituzione di un «Consiglio Ebraico» che deve provvedere a mantenere l'ordine in quella zona.

Quando, a metà febbraio 1941, scoppiano nuovi disordini nel quartiere ebraico, i tedeschi rispondono con una retata. Quattrocento ebrei, giovani tra i 20 e i 35 anni, catturati in questa occasione, vengono deportati a Mauthausen.

I lavoratori olandesi, per protesta contro queste gravissime misure repressive, organizzano uno sciopero generale, evento senza precedenti nell'Europa occupata. Già nell'autunno gli studenti avevano scioperato contro il congedo di professori ebrei dalle università.

Lo sciopero generale viene represso duramente e, nel marzo dello stesso anno, i primi olandesi vengono uccisi pubblicamente. «Per noi è un'esperienza nuova, toccante e tranquillizzante, che un intero popolo a causa nostra si contrapponga a un nemico potente» scriverà Grete Weil in seguito.

In marzo si procede alla limitazione dei diritti civili degli ebrei: il regime d'occupazione li espropria e sottomette tutte le organizzazioni ebraiche al controllo del Consiglio Ebraico. Seguendo il modello tedesco, anche in Olanda tutti gli ebrei vengono sottoposti alla legge speciale, in applicazione delle «leggi di Norimberga» del 1935.

Nel giugno del 1941 ad Amsterdam, per la seconda volta, si ordina una retata di giovani ebrei al di sotto dei trent'anni destinati alla deportazione. Poiché l'ordine dice di completare l'operazione entro due ore, per «rientrare nei tempi» vengono presi per strada anche uomini di età superiore non registrati negli elenchi: tra loro c'è Edgar Weil, che ha trentadue anni. Il giovane viene portato a Westerbork, un campo di transito olandese, quindi deportato a Mauthausen. Nessuno dei deportati, come del resto le vittime della prima retata di febbraio, sopravvivrà.

Grete Weil vive l'arresto e la deportazione del marito con indicibile angoscia ed è tormentata dai sensi di colpa per non aver usato maggiore cautela. Da questo momento un dolore profondo, esistenziale s'impossessa di lei: «Una volta ho scritto di essere una testimone del dolore. In questo preciso momento il dolore prende possesso di me. Non passerà più, per tutta la vita» scriverà nella sua autobiografia.

Un disperato tentativo di salvare il marito mentre si trova ancora nel campo di transito (ci resterà per dieci giorni) fallisce. Dopo tre mesi dalla deportazione, in agosto riceve dal marito due lettere, naturalmente passate dalla censura: si tratta di grida d'aiuto affidate a un codice comprensibile solo a lei, e l'esortazione, anche questa occultata, a lasciare quanto prima l'Olanda. I primi di ottobre riceve, tramite il Consiglio Ebraico, la notizia della morte di Edgar, avvenuta, secondo le indicazioni ufficiali, il 17 settembre 1941.

Le precise circostanze della morte di Edgar Weil non verranno mai alla luce. L'impossibilità di figurarsi concretamente la fine del marito e l'orrore di dar libero corso all'immaginazione saranno motivo di grande tormento per la scrittrice. L'unica cosa che riesce a sapere da amici è che i ragazzi deportati a Mauthausen devono lavorare duramente in una cava di pietra. Dopo la morte dell'amato marito, per un lungo periodo Grete Weil vive in uno stato di cupa angoscia e desiderio di morte e, poi, di vuoto e totale indifferenza.

Nei testi letterari che testimoniano la persecuzione e lo sterminio degli ebrei olandesi la Weil torna con insistenza sulla morte violenta del marito, l'evento di storia individuale che negli anni significherà per lei il simbolo dell'annientamento di tutti gli ebrei. In *Mia sorella Antigone* (e in altre opere) descrive il dolore permanente per la morte di Edgar, qui chiamato Waiki:

> Continuo a vivere, mi sveglio la mattina, mi addormento la sera. Ogni mattina, ogni sera. Per così tanti anni. Condannata a dimenticare lentamente Waiki. [...] Tutto ciò che ancora esiste di Waiki è la mia ferita, il dolore del dolore andato perduto, la mia più profonda realtà.

Nonostante tutto continua a vivere, all'unico scopo di proteggere la madre anziana che vive nascosta in campagna presso una famiglia nei dintorni di Amsterdam. (La madre Isabella, infatti, riuscirà a sopravvivere alla persecuzione e alla guerra; morirà in Svizzera, dove si era trasferita, nel 1961). Grete continua a lavorare come fotografa e segue con trepidazione le attività degli antinazisti in esilio. Tramite il fratello Fritz fa giungere un messaggio a Thomas Mann, che attraverso Radio Londra aveva dato la notizia della deportazione e uccisione di 400 ebrei olandesi nel lager di Mauthausen e gli fa sapere che il numero complessivo dei morti è di almeno il doppio.

Anche la vita di Grete Weil è minacciata. Nel giugno del 1942 è stato introdotto l'obbligo per gli ebrei dell'applicazione della stella di David bene in vista sugli abiti. Iniziano le prime deportazioni di massa: gli ebrei tedeschi vengono richiamati al «lavoro in Germania» con un appello che dice di presentarsi al primo contingente in partenza. Soltanto pochi si presentano di loro spontanea volontà.

Poi arrivano le comunicazioni ufficiali diffuse dalla polizia olandese di casa in casa. Anche Grete Weil ne riceve una. Consapevole di avere ben poche possibilità di sopravvivenza, Grete pensa che il destino le venga in aiuto esaudendo il suo desiderio di morte. È decisa ad obbedire all'ordine, e a lasciar compiere ai nazisti quello che lei non aveva voluto né saputo fare di propria mano.

Un'amica tedesca, «ariana», cerca con insistenza di convincere Grete Weil a entrare a far parte del Consiglio Ebraico, per salvare se stessa e proteggere la madre. Dopo qualche esitazione Grete acconsente.

Infatti, l'unica possibilità di sfuggire, almeno nell'immediato, alla deportazione è la clandestinità o il Consiglio Ebraico. Chi aveva soldi o conoscenze e riusciva a farsi impiegare dal Consiglio Ebraico in qualche forma poteva procurarsi dei documenti grazie ai quali «fino a ulteriori disposizioni» veniva escluso dalla deportazione. Fino al dicembre del 1942 in questo modo furono «sospesi» circa 33.000 ebrei.

Il suo primo incarico è quello di fotografare tutti gli ebrei in attesa di «partire», con un numero sul petto. Dopo il lavoro di fotografia la Weil viene trasferita allo *Schouwburg*, un vecchio teatro in rovina, adibito a centro di raccolta per quelli che, radunati e registrati nel foyer del teatro, sono destinati alla deportazione. I prigionieri passano la notte sui materassi in attesa di essere accompagnati ai treni.

I compiti ufficiali di chi è impiegato presso il Consiglio Ebraico, come riferisce Grete Weil a più riprese, sono di varia natura: registrare le persone prelevate dalle proprie abitazioni e fotografarle, controllare i timbri di rinvio, i cosiddetti *Sperrstempel,* comprati a caro prezzo o concessi ad appartenenti a categorie di utilità bellica o ex combattenti della prima guerra mondiale o altri, che consentivano la permanenza nel paese; battere a macchina per conto degli arrestati lettere indirizzate a conoscenti ai quali chiedono aiuti, accompagnare le persone ai treni il giorno della partenza per i campi di concentramento. Così, in *Mia sorella Antigone,* la Weil descrive questo perfetto «ingranaggio della morte»:

> La cosa non si svolge con crudeltà, neppure a voce alta: una macchina ben rodata che funziona impeccabilmente, funziona, funziona; una macchina che risucchia materiale da bruciare nelle stufe della Polonia.

Ma i membri del Consiglio Ebraico compiono anche atti di sabotaggio, liberano molti prigionieri (soprattutto bambini), falsificano liste di trasporto, compiono gesti di solidarietà e offrono aiuti concreti. La Weil ricorda, in particolare, l'instancabile attività di Walter Süskind che riesce a salvare molte persone, operando pur una penosa selezione. Per aver salvato soprattutto molti bambini ebrei Walter Süskind, ucciso ad Auschwitz con la famiglia, è oggi ricordato anche da una fondazione negli Stati Uniti, il Walter Suskind Fund di Boston.

Grete Weil collabora con Süskind e partecipa come può ad atti di resistenza: scatta foto per false carte d'identità e falsifica tessere annonarie per le persone nascoste. L'atelier di fotografia non esiste più: l'intera attrezzatura viene inventariata con precisione e confiscata. Lo studio chiuso per ordine della «Centrale per l'emigrazione ebraica».

L'opera letteraria di Grete Weil contiene numerosi riferimenti alla sua appartenenza al Consiglio Ebraico, su cui fornisce interessanti dati. Ma la scrittrice si confronta soprattutto col proprio senso di colpa, per aver preso parte a un organismo che di fatto ha collaborato con i nazisti. La descrizione delle attività del Consiglio Ebraico è molto critica. La Weil, convinta delle proprie responsabilità, non nasconde verità scomode, e con riferimento alla madre tenta una giustificazione di quella scelta: «Oggi sento come una colpa l'aver partecipato al Consiglio Ebraico. Nessuno sa cosa sarebbe successo se non fosse esistito. Se l'orrore si sarebbe svolto in modo ancora più crudele o no...».

I rappresentanti della comunità ebraica di Amsterdam, membri dirigenti del Consiglio Ebraico nella maggioranza olandesi, animati da uno spirito estremamente legalitario, speravano che con un comportamento conforme agli ordini dei nazisti e contribuendo a far deportare per primi gli ebrei profughi dalla Germania avrebbero ritardato le deportazioni degli olandesi e risparmiato se stessi e i propri familiari. La diabolica efficienza della macchinazione dei nazisti aveva provocato la divisione tra gli ebrei di Amsterdam e messo in crisi ogni senso di solidarietà. L'«invenzione» dell'autogoverno delle vittime anche nei lager è stata funzionale all'asservimento e all'annientamento di interi popoli, soprattutto negli ultimi anni della guerra. In questo contesto va considerato anche l'impiego dei *Sonderkommandos*, deportati addetti al lavoro nelle camere a gas e nei forni crematori, e l'efficiente uso dei prigionieri con funzioni di coercizione, come i kapò, nell'organizzazione gerarchica del campo di concentramento.

La divisione che si era verificata tra gli stessi ebrei, la mancata solidarietà nonché la responsabilità del Consiglio Ebraico di Amsterdam nel «successo» delle deportazioni dall'Olanda e dello sterminio di circa centomila ebrei è uno degli argomenti più controversi e spinosi della storiografia della seconda guerra mondiale, oggetto di una discussione che continua ancora oggi.

La prima a sollevare degli interrogativi a proposito del ruolo del Consiglio Ebraico olandese e a lanciare accuse precise è stata Hannah Arendt nel 1964. La tesi della Arendt sulla responsabilità dei dirigenti delle comunità ebraiche nell'avere con la loro cooperazione non solo favorito la confisca di tutti i beni ebraici ma di fatto addirittura consentito la selezione degli ebrei e lo svolgersi senza difficoltà delle operazioni di deportazione – Consigli Ebraici erano stati istituiti in tutta l'Europa, soprattutto nei ghetti dell'Europa dell'Est – scatenò una violenta polemica tra gli storici, suscitando le ire di chi non poteva tollerare che si perdessero di vista i veri responsabili, cioè i nazisti. Uscì tra gli altri il libro *Die Kontroverse, Hannah Arendt, Eichmann und die Juden* (La controversia, Hannah Arendt, Eichmann e gli ebrei, a cura di F.A. Krummacher, München 1964), in cui vari critici si oppongono alle considerazioni della Arendt, mettendo in rilievo le particolari e drammatiche condizioni del regime totalitario e l'impossibilità di conoscere, a quel momento, le tragiche dimensioni e l'esito delle deportazioni.

Che l'appartenenza al Consiglio Ebraico fosse una garanzia di sopravvivenza si rivelò una tragica illusione dimostrata dai fatti: tre quarti di tutti gli ebrei che vivevano in Olanda furono uccisi, e di questi due terzi erano ebrei olandesi di origine. Tra gli ultimi ad essere deportati furono proprio i membri del Consiglio Ebraico, tra i quali lo stesso Walter Süskind.

Il 29 settembre 1943 ad Amsterdam avviene l'ultima grande retata che non risparmia più nessun ebreo: ne saranno deportati più di duemila. Quel giorno Grete Weil decide di entrare in clandestinità: semplicemente se ne va da una porta del teatro. Come fortuna vuole, non trova nessuno delle SS all'uscita. Con due colleghi del Consiglio Ebraico la Weil si strappa la stella gialla e corre al suo nascondiglio. Molto prima si era accordata con un amico, il grafico Herbert Meyer-Ricard (per metà «ariano»), da cui si sarebbe nascosta, visto che lui già nascondeva la compagna ebrea. In caso di perquisizione era pronto un giaciglio per Grete dietro una scaffalatura di libri. Per diciotto mesi non uscirà mai di casa. Passa il tempo a leggere e a scrivere e, per contribuire alle spese, colora animali d'argilla creati da Herbert che li vende nei negozi della zona. La Weil descrive il nascondiglio come «una prigione in cui ci si è recati volontariamente». Elabora una vera e propria teoria della sopravvivenza che così descrive in *Mia sorella Antigone*:

> La mia unica preoccupazione: non far nulla per cadere nelle mani degli assassini. Volevano uccidermi, ma per questo dovevano prima avermi. Fuga quindi. Vivere sul filo del rasoio. Sopravvivere come meta, scopo dell'esistenza. Non ce n'è altro. Sopravvivere come religione. Come sport. Come politica.

Sa di essere destinata allo sterminio: è ebrea e quindi un apparato militar-burocratico la sta cercando per ucciderla.

In clandestinità, dopo più di dieci anni, Grete Weil riprende a scrivere. È un testo teatrale in rima: *Weihnachtslegende 1943* (Leggenda di Natale 1943). È lei stessa a raccontarlo e a metterlo in scena, la sera di Natale, per gli amici dove si nasconde. È un'opera per burattini ma la Weil può contar solo su figure di carta fatte da lei. Così, poveramente, nello spazio angusto del suo nascondiglio, la Weil attraverso l'eterno rito del teatro dà forma al sentimento del suo dolore, alle riflessioni sulla responsabilità di vita e di morte, alle angosce e alle speranze sui destini dell'umanità. In quest'opera la Weil insiste ossessivamente sulla necessità per i perseguitati di agire, diventare soggetto politico, assumere su di sé il compito della liberazione dal proprio stato di vittime. Forse tale convinzione deriva dal comprensibile bisogno di reazione all'impotenza, maturato durante la sua permanenza nel Consiglio Ebraico, quando ha dovuto assistere alla deportazione di massa degli ebrei di Amsterdam. Questo testo, quasi un *pamphlet* politico, resta un unicum nella sua opera, anche se il tema della necessità della contrapposizione al potere sarà ripreso in *Mia sorella Antigone*.

Weihnachtslegende 1943 è la prima opera dell'autrice ad essere pubblicata: nel 1945, con lo pseudonimo B. v. Osten, l'amico che l'ospitava in clandestinità fece pubblicare, come stampa in proprio, alcuni dei suoi testi di drammaturgia e questo lavoro di Grete Weil nella raccolta dal titolo *Das gefesselte Theater* (Il teatro incatenato). Grete Weil amava molto questa storia, nata in condizioni tanto difficili. Anche da anziana non poteva leggerla senza commuoversi e volle che fosse ripubblicata come allegato all'autobiografia del 1998.

Un altro romanzo, *Der Weg zur Grenze* (La via per il confine), scritto nel 1944 nel suo nascondiglio è stato considerato dalla stessa autrice troppo doloroso, troppo personale per poter essere pubblicato: è la storia d'amore sua e di Edgar. Da un punto di vista letterario Grete Weil non lo ha mai ritenuto ben riuscito. Il dattiloscritto si trova alla *Monacensia*, la Biblioteca Comunale di Monaco di Baviera. Tutt'oggi non è pubblicato.

Gli appelli ufficiali del Consiglio Ebraico a eseguire gli ordini tedeschi non vengono rispettati: circa venticinquemila ebrei si sottraggono alle deportazioni, nascondendosi presso coraggiose famiglie di olandesi disposte a rischiare in prima persona. Diecimila vengono scoperti durante controlli sistematici dei tedeschi o traditi da olandesi. Grete Weil, a questo proposito, testimonia nelle sue opere che i delatori ricevevano per ogni ebreo catturato tre *Gulden*. Molto noto è il caso della famiglia di Anne Frank, tradita, arrestata e deportata. Tra i quindicimila ebrei, nella maggioranza tedeschi, che sopravvivono nascondendosi c'è anche Grete Weil.

Poche settimane prima della fine della guerra le tensioni con Herbert e la sua compagna rendono impossibile ogni convivenza. Dopo un litigio Grete si trasferisce da un'amica che abita in una vecchia casa sul canale, nel *Prinsengracht*, proprio vicino alla casa di Anne Frank.

Dopo l'inasprimento delle vicende belliche in Olanda, nel settembre del 1944 le truppe alleate passano la frontiera olandese liberando Maastricht e gran parte delle province meridionali del paese. Ma le grandi città di Amsterdam, Rotterdam e L'Aja dovevano passare ancora un inverno al freddo e di fame sotto l'occupazione nazista. La sera dell'8 maggio 1945 le truppe tedesche firmano la capitolazione. È la fine della guerra. Grete vuole lasciare la città olandese che per lei rappresenta solo angoscia e terrore.

Per una notte intera discute con Klaus Mann sull'opportunità del ritorno in Germania. L'amico è assolutamente contrario, non capisce, cerca di farla desistere ma la Weil non ha dubbi su dove andare a vivere: «La mia decisione di tornare in Germania era chiara fin dall'inizio. Non ho mai voluto altro e non avevo creduto, nei momenti peggiori, a una colpa collettiva. Forse è stato anche una sorta di auto-protezione. Se avessi ritenuto colpevole l'intero popolo tedesco non mi sarebbe più stato possibile vivere. La Germania è il mio paese. Io sono tedesca. Un'ebrea tedesca».

Il suo ritorno in Germania avviene non prima del 1947 e con qualche difficoltà poiché Hitler le aveva tolto la cittadinanza tedesca e gli Alleati avevano proibito agli apolidi di recarsi nelle zone della Germania occupata; solo nel 1947, quando ottiene la cittadinanza olandese per aver fatto parte della Resistenza, può tornare legalmente in Germania.

Mentre l'identità ebraica è ambigua e quindi oggetto di riflessione (il romanzo *Il prezzo della sposa* è il tentativo di confrontarsi con questo problema), sulla sua identità tedesca non ha mai avuto dubbi. Si tratta soprattutto di un'identità culturale: la lingua in cui scrive è il tedesco, la scrittura le è indispensabile per vivere e quindi la scelta di tornare in Germania le pare obbligata: «Sono di cultura tedesca, il tedesco è la mia lingua. Hitler non ha fatto di me la sua allieva per farmi dire: non sono veramente tedesca. Che mi piaccia o no – e molto spesso non mi piace – io sono tedesca».

Più volte nei romanzi e nelle interviste, la Weil insiste sul diritto di vivere e di agire nel paese in cui sono le sue origini e che, malgrado tutto, sente suo. Nell'autobiografia esprime tutta la gioia per la lingua ritrovata. Ma si sente anche unita in «simbiosi negativa» alla Germania distrutta: «La Germania era a pezzi come lo ero io. Mi si confaceva. Se volevo dare un'immagine di me stessa dicevo che ero andata in mille pezzi ed ora ero di nuovo messa insieme con la colla, ma in modo imperfetto. Le rovine erano uno specchio».

In una lettera dell'agosto del 1947 rivolta alla scrittrice e filosofa ebrea Margarete Susman, intellettuale di spicco nella Repubblica di Weimar fuggita in Svizzera, la Weil riassume molto efficacemente il periodo della sua vita tra gli ultimi anni di guerra e i primi del dopoguerra e sottolinea la necessità di tornare tra quei tedeschi che non erano coinvolti "nel demoniaco cerchio del male": «Sono passata attraverso l'inferno più profondo del dubbio sul significato della vita, della disperazione. In sei anni terribilmente sofferti [...], in questi lunghi anni ho cercato di dire sì alla vita».

Dire sì alla vita, per Grete Weil, significa anche dire sì a quei tedeschi che cerca ancora, e disperatamente, come interlocutori, con i quali desidera riallacciare quel dialogo umano e culturale interrotto dall'esilio e con cui crede di poter tessere una relazione profonda, una relazione che non si fermi davanti alle terribili verità che la Weil sente la costante necessità di comunicare attraverso la sua testimonianza.

Poco dopo la morte del marito Edgar nel 1941, la Weil aveva incontrato l'amico di gioventù Walter Jockisch (chiamato Urs nei romanzi autobiografici). I due si erano fatti una promessa: dopo la guerra, se fossero sopravvissuti – cosa improbabile ma miracolosamente avveratasi, lei ebrea e lui soldato semplice al fronte – sarebbero rimasti insieme.

Infatti, al suo ritorno in Germania nel 1947, Grete e Walter vanno a vivere insieme. Walter Jockisch, che Grete sposerà tredici anni dopo, è un uomo di spettacolo (come lo era stato Edgar Weil), è regista d'opera. Negli anni che seguono, la Weil frequenta lo stesso ambiente di artisti e intellettuali di orientamento progressista e antinazista del periodo antecedente all'esilio. L'esser ritornata a quelle frequentazioni e non aver avuto contatti né con la grande industria «che ha fatto proliferare il nazismo» né con la piccola borghesia, «che l'ha sostenuto», dimostra la facilità con cui la Weil riesce a integrarsi nel paese che però chiamerà «terra dei miei assassini, terra della mia lingua». In quell'ambiente a lei familiare conduce una vita agiata e priva di preoccupazioni economiche, poiché ha ricavato del denaro dalla vendita dell'azienda farmaceutica del marito in Olanda.

L'integrazione come scrittrice è più difficile. Incontra non pochi ostacoli per la pubblicazione dei suoi romanzi. Il primo racconto sull'arresto e deportazione degli ebrei di Amsterdam, *Ans Ende der Welt* (Alla fine del mondo), scritto ancora in Olanda nel 1945, non trova un editore nella Repubblica Federale; viene pubblicato nel 1949 dalla casa editrice della Germania dell'est "Volk und Welt" e soltanto tredici anni più tardi, nel 1962, senza peraltro avere alcuna risonanza, il libro uscirà anche a ovest, edito dal Limes Verlag. È questa casa editrice di Wiesbaden a rivendicare il merito di aver scoperto la scrittrice Grete Weil.

La Germania occidentale dell'immediato dopoguerra, ma anche degli anni Cinquanta e Sessanta (molto cambierà dopo il '68), non vuole affrontare i gravi temi che autori come la Weil pongono all'attenzione. Certamente il confronto con il passato nazista non domina il clima della Repubblica Federale Tedesca; a caratterizzare la vita politica e culturale del paese in quegli anni è piuttosto il nuovo inizio (*l'anno zero*), la ricostruzione, la questione della Germania divisa, il rapporto con l'est e l'anticomunismo radicale. È il tempo delle rimozioni, delle «dimenticanze». Le case editrici respingono opere che parlano delle tragiche vicende del periodo nazista, ad eccezione di quelle in cui i tedeschi sono descritti come vittime della guerra e dell'occupazione sovietica nella Germania orientale (il problema dei cosiddetti *Vertriebene*, i profughi tedeschi). Grande successo ebbe la *pièce* teatrale tardoespressionista di Wolfgang Borchert *Draußen vor der Tür* (Fuori dalla porta) del 1947, in cui un sottufficiale reduce della guerra torna in Germania e, trovandosi in un mondo distrutto, esprime i sentimenti di una generazione che si sente tradita.

Dei crimini contro l'umanità commessi dai molti ancora attivi e integrati nella Repubblica Federale non si vuole sentire parlare. La Weil quindi non trova ascolto quando propone il suo manoscritto che viene respinto perché ritenuto «non idoneo per la pubblicazione».

Con il racconto *Ans Ende der Welt* la Weil inizia quindi la sua lunga testimonianza letteraria. La vocazione alla scrittura, come sappiamo, è forte e spontanea in lei fin dall'adolescenza: sono semmai i temi e l'ambientazione ad esserle imposti, suo malgrado, dalle drammatiche circostanze della vita. Vittima della persecuzione e testimone oculare dei crimini nazisti (almeno per quel che riguarda retate e deportazioni), deve scrivere per testimoniare, deve testimoniare per poter scrivere. Nel discorso che pronuncia in occasione del conferimento della medaglia intitolata allo scrittore Carl Zuckmayer dice: «Esisteva soltanto ancora quell'unico compito: scrivere contro l'oblio. Con tutto l'amore, tutta la capacità, con risoluta caparbietà».

Ans Ende der Welt è la storia di due famiglie di ebrei olandesi, arrestate il 17 maggio 1943 ad Amsterdam e detenute in un luogo di raccolta, un vecchio teatro adibito a tale scopo (citazione autobiografica dello *Schouwburg*, dove la Weil lavorò per il Consiglio Ebraico): nel loro immediato futuro lo spettro della deportazione in Polonia. Le due famiglie, incontratesi qui inaspettatamente, sono quella del Professore di giurisprudenza Salomon Waterdrager con la moglie Henny e la figlia Annabeth, e la famiglia del cugino Sam Waterdrager, tagliatore di diamanti, con la moglie Saartje e il figlio Ben. In quella tragica situazione costoro, stipati in poco spazio assieme a una folla di sconosciuti e alla mercé degli arbìtri e delle minacce delle SS, reagiscono in modo molto diverso. Il Professore pensa a un errore: crede che la sua posizione sociale certamente lo proteggerà (insieme alla famiglia) dalla deportazione, a cui invece ritiene che sia destinata la famiglia del parente povero. Quando Salomon capisce che saranno gli altri Waterdrager ad essere risparmiati, per rabbia e incredulità tradisce Ben, denunciandolo alle SS come appartenente alla Resistenza olandese.

Poco dopo, la famiglia del Professore e Ben vengono deportati in Polonia: gli anziani sono assassinati subito nelle camere a gas, i giovani avviati al lavoro forzato. Questa la prima descrizione che la Weil fa di un lager:

> Erano campi spogli e piatti nella luce dura, baracche scure e il fumo dalle ciminiere rosso di fuoco. E l'odore era di carne bruciata. Era tecnica, fabbrica, era film. Fine del mondo 1943.

Oltre all'ambiguo protagonista Salomon Waterdrager, anche il personaggio dello *Hauptsturmführer SS*, che sorveglia gli arrestati nel teatro, è ben caratterizzato dall'autrice: volgare e alcolizzato, mediocre e fondamentalmente debole, gode della sua posizione di potere. Il racconto non descrive in modo esplicito scene di violenza, ma è efficace per il realismo dell'evocazione dell'angoscia, dell'impotenza delle vittime e dei loro comportamenti dettati dalla paura.

Negli anni del suo secondo matrimonio (Walter Jockisch morirà per un tumore nel 1970), la Weil cambierà più volte residenza: Darmstadt, poi Stoccarda, Berlino, Hannover e infine Francoforte. Segue ovunque il marito che svolge la sua attività teatrale in molte città della Germania: lei stessa racconta che gli faceva da segretaria, consulente e autista, e scriveva i testi per i programmi di sala delle opere che Walter metteva in scena. La vita intensa e movimentata del mondo dello spettacolo l'assorbe piacevolmente. Ma questo ambiente, le difficoltà di trovare un proprio spazio nella cultura della Germania del dopoguerra (Grete Weil non si avvicina agli autori che compongono la *Gruppe '47*) e l'insuccesso del primo racconto non contribuiscono certo a stimolare in lei la scrittura. E in effetti, in tutti questi anni, la sua produzione letteraria è limitata.

Nel 1951, certo favorita dall'ambiente artistico in cui opera il marito, scrive un libretto d'opera, *Boulevard Solitude*, che riprende la trama di Manon Lescaut. Quest'opera, per la regia del marito Walter Jockisch, rappresentata il 17 febbraio 1952 al *Landestheater* di Hannover, costituì il primo grande successo del compositore contemporaneo tedesco. L'opera, dal 1989 su CD, è stata ripresa a Londra nel 2001 con grande successo di pubblico e di critica, che ha fatto menzione, ovviamente, anche dell'autrice del libretto. Hans Werner Henze dirà nel 1986, interrogato sul suo rapporto con la scrittrice: «La Grete, con la sua passione per la Germania, questo infelice amore!».

Nel 1963 viene pubblicato dal *Limes Verlag* il suo primo romanzo *Tramhalte Beethovenstraat* (Fermata Beethovenstraat). Protagonista del romanzo è lo scrittore e giornalista tedesco Andreas, inviato delle pagine culturali di un giornale del Reich nella Amsterdam occupata. Dalla finestra del suo appartamento nella Beethovenstraat Andreas assiste alla deportazione sistematica degli ebrei, quando le SS di notte caricano intere famiglie sui tram. Fino a quel momento poco interessato ai fatti della politica, inizia da allora a confrontarsi con la vera natura del nazismo. In *Tramhalte Beethovenstraat* gli intenti di Grete Weil vanno ben oltre rispetto ad *Ans Ende der Welt*, poiché non si limita a testimoniare tramite il racconto di fatti vissuti in prima persona ma individua, come tema principale del romanzo, il problema della difficoltà in sé di usare la parola e di potersi esprimere con la scrittura. Il tragico conflitto di Andreas è quello fra la paralisi della parola dopo Auschwitz e il bisogno di testimonianza sentito come necessità etica di conservare la memoria e il rispetto dovuto alle vittime.

Nel saggio *Kulturkritik und Gesellschaft* (Critica culturale e società) del 1977, Theodor W. Adorno formulò la celebre sentenza molto discussa sulla «barbarie di scrivere poesie dopo Auschwitz». Il filosofo cambierà in seguito la sua posizione considerando legittima la necessità della testimonianza.

È significativo che Grete Weil abbia scelto per il personaggio principale, portatore di verità e testimonianza, un tedesco che cerca di richiamare l'attenzione del nuovo mondo letterario su Auschwitz. L'aspirazione della Weil a una memoria condivisa tra ebrei e tedeschi si rivelerà però molto lontana dalla realtà.

Il critico Martin Gregor-Dellin, sostenitore della Weil fin da *Ans Ende der Welt*, aveva affermato che la scrittrice dopo la pubblicazione di questo primo romanzo «avrebbe avuto il suo momento di notorietà». Ma questo momento era ancora molto lontano. *Tramhalte Beethovenstraat*, infatti, in Germania non ottiene la risonanza sperata. Non così in Olanda dove esce un anno più tardi e diventa una delle opere più lette, anche nelle scuole, sul tema dell'occupazione tedesca del paese.

Nel 1968 il *Limes Verlag* pubblica la raccolta di tre racconti che la Weil aveva ultimato nel 1967 dal titolo *Happy, sagte der Onkel* (Happy, disse lo zio), frutto delle osservazioni di vita americana fatte nel corso di un viaggio negli Stati Uniti e in Messico nell'inverno 1964-65. La Weil, unitamente a una acuta analisi di situazioni e problemi della società d'oltreoceano, riprende le solite tematiche usando per la prima volta l'io narrante: la discriminazione per ragioni razziali, il fanatismo religioso, il tema della colpa e della responsabilità personale e i meccanismi di autodifesa dei persecutori e dei perseguitati. Nonostante l'azione del movimento studentesco del '68 che costringe la società tedesca al confronto con il nazismo, anche i racconti americani non suscitano alcun interesse nell'opinione pubblica di quegli anni.

Happy, sagte der Onkel, il racconto che intitola l'intera raccolta, verrà ripreso e riadattato con il nuovo titolo *Das Haus in der Wüste* (La casa nel deserto) nei racconti di *Conseguenze tardive*, scritti nel 1992 e qui tradotti.

Dopo la morte per leucemia del marito nel 1970, descritta con crudezza nel romanzo del 1983 *Generationen* (Generazioni), la Weil nel 1974 ritorna a Monaco, la sua città. Si stabilisce in una casetta a Grünwald, zona residenziale nei dintorni della capitale bavarese, dove risiederà fino alla morte. Politicamente è vicina al partito socialdemocratico, del quale entra a far parte nei primi anni Settanta. Compie due lunghi viaggi in Asia dove riprende anche a fotografare. Lentamente, un po' esitante, torna a scrivere.

Il libro che più di ogni altro Grete Weil vuole scrivere è il nuovo libro su Antigone. È da molti anni che ha nelle mani il manoscritto sulla principessa di Tebe: nella prima metà degli anni Cinquanta la Weil aveva iniziato la frequentazione letteraria con l'amata figura della mitologia greca, Antigone, che l'accompagnerà per molti anni. La principessa greca, figura di donna che simboleggia la Resistenza *tout court*, è sempre presente nel suo lungo cammino di scrittrice "moralista", instancabile testimone e sostenitrice dell'importanza della responsabilità personale in ogni scelta di vita.

Il romanzo autobiografico *Mia sorella Antigone* che esce nel 1980 è finalmente un successo: la scrittrice, a settantaquattro anni, riceve il tanto atteso riconoscimento letterario di critica, pur limitato a recensioni giornalistiche, e di pubblico. Il successo era forse anche dovuto a quello che George Steiner in *Le Antigoni* descrive come vera e propria «febbre di Antigone» l'interesse intorno a questa mitica figura iniziato alla fine degli anni Settanta in Europa (proliferarono le rappresentazioni teatrali dell'Antigone sofoclea ma anche quella tratta da Hölderlin, Brecht e Anouilh), elemento di dibattito e confronto in Germania con la vicenda della "*Rote Armee Fraktion*".

Mia sorella Antigone raggiunge in pochi mesi un largo pubblico, soprattutto femminile, poiché si inserisce in un discorso già avviato nella letteratura delle donne sulla soggettività forte e sul ricorso ai miti classici e le loro attualizzazioni. Il romanzo è recensito da molti giornali, l'autrice è oggetto di numerose interviste e spesso la sua presenza è richiesta per letture pubbliche. Il romanzo è tradotto in italiano (nel 1981 da Mondadori, traduzione a cura di A. Pandolfi; una nuova edizione con testo a fronte è uscita nel 2007 per i tipi della Mimesis, a cura di K. Birge Büch, M. Castellari e A. Gilardoni), olandese, inglese, spagnolo e pubblicato anche in edizione tascabile dall'editore Fischer, che da quel momento pubblica anche le opere precedenti permettendone una larga diffusione.

Mia sorella Antigone è considerato il capolavoro di Grete Weil. È il primo di tre romanzi autobiografici per i quali, almeno in relazione alla tecnica narrativa con l'uso deciso dell'io narrante e il ricorso alla sfera della quotidianità, alcuni critici inseriscono l'autrice (tanto isolata nel panorama culturale della Repubblica Federale e non facilmente riconducibile a «correnti letterarie») nel novero della cosiddetta «nuova soggettività» iniziata negli anni Settanta. Nel romanzo la scrittura autobiografica indiretta si realizza con grande efficacia e lo stile scarno, asciutto e incisivo, già presente negli altri lavori e che richiama le forme espressive di gran parte della letteratura tedesca che ha subito il trauma della guerra (la lingua è semplice e chiara, senza ornamenti superflui e designa cose e avvenimenti quotidiani, che fino ad allora non avevano trovato posto né nella prosa né, tanto meno, nella poesia) raggiunge l'intensità cercata. Rispetto al modello sofocleo la trama viene «esportata» dall'ambito mitologico in un contesto nuovo. Ogni occasione, apparentemente insignificante, sollecita i ricordi dell'io narrante, soprattutto quelli dell'esilio olandese, le persecuzioni, l'arresto del marito, la clandestinità, le deportazioni di cui è stata testimone e la memoria degli orrori che non l'abbandona mai.

La Weil integra nel romanzo anche la testimonianza scritta del soldato della *Wehrmacht* Friedrich Hellmund, di cui era entrata in possesso, sulla liquidazione del ghetto ebraico di Petrikau (Piotrków Trybunalski) in Polonia avvenuta il 26 luglio 1943, che testimonia la fucilazione in massa degli ebrei per mano di soldati dell'esercito tedesco. Non si descrivono atti di sadismo e maltrattamenti ma solo la precisione burocratica dell'uccisione sistematica. Grete Weil dirà a Lisbeth Exner di non capire il motivo per cui nelle numerose e lusinghiere recensioni sul suo libro nessuno abbia fatto cenno a queste pagine. Evidentemente i tempi non erano ancora maturi: la famosa mostra e il susseguente dibattito sulla guerra d'annientamento nei territori occupati e sui crimini della *Wehrmacht* dal 1941 al 1944 (e non soltanto delle SS!) avverranno soltanto diversi anni più tardi e tali eventi rappresentano ancora oggi un capitolo controverso nella cultura della memoria tedesca.

La storia dell'eroina greca, la cui decisione di seppellire il fratello Polinice contro la volontà dello zio Creonte è diventata nella tradizione il simbolo stesso dell'opposizione al potere dello Stato, si svolge in una cornice narrativa ambientata al presente. L'io narrante, in costante dialogo con Antigone, confronta il coraggioso atto dell'eroina con la propria vita: una sequenza di compromessi. Al mito di Antigone, archetipo del conflitto irriducibile col formalismo delle leggi regolatrici della società, la Weil assegna il ruolo di catalizzatore della memoria, di specchio e proiezione della contraddittorietà del proprio io. Qui Grete Weil, come altre scrittrici tedesche che si accostano al discorso mitico, usa il mito per «riappropriarsene e farne un proprio materiale simbolico». L'io narrante, che si identifica in Ismene, la sorella debole e rinunciataria, dice:

> Non dissi no – dire no, l'unica indistruttibile libertà, Antigone l'ha usata con sovrana grandezza – io invece ho detto sì. Sì, io lascio la Germania, sì, non sono più tedesca, sì, smetto di scrivere, sì, mi cucio la stella di Davide sui vestiti, sì, batto a macchina lettere in quel maledetto Schouwburg, sì, prendo un nome falso, sì, non faccio alcun tentativo di liberare Waiki dal Lager con la forza, sì, non sparo, non uccido l'Hauptsturmführer. Così mi salvo la vita, così sopprimo me stessa.

Il mito diventa l'accettazione della differenza, la giovane greca è la «sorella» che libera la memoria dalla paralisi, che alla vecchia donna infonde il coraggio di trascrivere senza reticenze il trauma del passato. Al culmine dell'attualizzazione Antigone si sostituisce alla protagonista compiendo l'atto che lei non ha avuto il coraggio di compiere. Antigone è nella lunga fila degli ebrei destinati alla deportazione. La protagonista sta seduta a un tavolo per battere a macchina i loro dati anagrafici. Quando è il turno di Antigone nasce il seguente dialogo fra il comandante delle SS e la principessa tebana:

> «Il prossimo. Nome?». «Antigone». «Antigone e poi?». «Soltanto Antigone». [...] «Indirizzo?». «Tebe». «Tebestraße, numero?». «Tebe è una città, non una strada». «Una città in Olanda?». «No, in Grecia. Non lo ha imparato a scuola?». «Non diventi sfacciata, ora».

Poi Antigone girando lentamente intorno al tavolo, senza che l'ufficiale delle SS sia capace di muoversi, pronuncia la frase che l'ha resa famosa invertendo le parole del testo sofocleo: «Non per amare sono qui, ma per odiare», prende la pistola e uccide l'ufficiale. Con questo gesto il mito si compie nel presente attualizzando un passato che non è concluso ma continua ad esser vivo con tutti i suoi errori. Antigone, la sorella, che a lei si è sostituita, accompagna la protagonista ad accettare la vecchiaia, la solitudine e la bruttezza che la circonda.

In *Mia sorella Antigone* Grete Weil fornisce soprattutto una diagnosi dettagliata della vittima sopravvissuta. L'autrice disegna l'io narrante in tutta la sua contraddittorietà: il senso di colpa per essersi salvata è accompagnato dall'identificazione con le vittime assassinate; l'identità di vittima è controbilanciata dal rimorso di aver partecipato al Consiglio Ebraico. La riflessione ancora più amara è sulla possibilità di opporre resistenza e sull'incapacità di farlo, una resistenza come quella di Sophie Scholl, assassinata dai nazisti nel 1943 per la sua appartenenza al movimento studentesco della *Rosa Bianca* oppure una resistenza totale, paradigmatica e archetipica come quella di Antigone.

Nelle ultime opere Grete Weil scrive sul dolore della vecchiaia e delle privazioni che ne derivano, come l'isolamento dovuto ai gravi problemi d'udito di cui soffre. Già in *Mia sorella Antigone* l'autrice aveva parlato del suo rapporto con la morte e criticato il modello dominante nella società contemporanea «del dover esser giovani»: gli anziani non sono considerati persone in quanto tali ma definiti solo in relazione alle limitazioni fisiche imposte dall'età.

In *Generationen* (Generazioni), un altro romanzo a prevalente carattere autobiografico che esce nel 1983, dove il tema della vecchiaia è centrale, si alternano nostalgia di morte e attaccamento alla vita. È la storia di tre donne di differente età che sperimentano un'improbabile convivenza. Il tentativo risulta fallimentare per lo stile di vita troppo diverso e le diverse aspettative di ciascuna. Mondi interi dividono le tre donne. Il quadro che la Weil dipinge dell'invecchiare, descritto in modo così impietoso, ricorda i giudizi di Jean Améry nel saggio *Über das Altern* (Sulla vecchiaia)*:* la vecchiaia è concepita da entrambi come «malattia incurabile», la tragedia che nulla può mitigare.

La descrizione delle scene di vita degli anni Settanta e delle utopie di convivenze «anticonvenzionali», tipiche dell'ideologia di quel periodo, si anima di ricordi del passato. L'espressione «malattia incurabile» è usata dalla Weil per definire la vecchiaia ma anche il trauma personale, il tema permanente della sua vita e della sua opera:

La mia malattia si chiama Auschwitz ed è incurabile. Io ho Auschwitz come altri hanno la tbc o il cancro.

Riconosce che il trauma della persecuzione per lei, come per altri sopravvissuti alla grande caccia all'uomo, non è superabile, anzi si è ingigantito con gli anni:

Quanto più Auschwitz è lontana, tanto più si avvicina, gli anni nel mezzo sono spazzati via. Auschwitz è realtà, tutto il resto sogno. Non Mauthausen, dov'è stato assassinato Waiki ed io con lui, l'orrore si è trasferito dal proprio destino a quello dei tanti. Auschwitz è *chiffre*, non un luogo sulla carta geografica.

Grete Weil passa alcuni periodi dell'anno in una casetta nel Ticino che aveva acquistato con il marito Walter Jockisch. Ama fare lunghe passeggiate, anche in montagna, spesso in compagnia del suo cane. La sua vita subisce un duro colpo quando nel 1984 un infarto è seguito da ictus: la libertà di movimento e l'autonomia diminuiscono ancora. Nel romanzo *Il prezzo della sposa* che uscirà nel 1988 la Weil descrive la malattia e la sofferenza per le umiliazioni subite in ospedale e per le privazioni che aumentano sempre più la sua pena.

Il romanzo nasce dall'esigenza di ricercare la propria «incerta» identità ebraica. Per trovare elementi utili a tale scopo, nella primavera del 1986 la Weil, che ha sempre viaggiato molto e in tutto il mondo, fa il suo primo viaggio in Israele nonostante i postumi della malattia: «Naturalmente c'è stata una ragione per cui non sono andata prima in Israele. Avevo paura dei miei stessi sentimenti. Pensavo: se scoppia una guerra mentre sono in quel paese, cosa farei? Il più veloce possibile andrei alla mia ambasciata, e cioè quella tedesca, per dire: disponete il mio rimpatrio. Trovavo grottesca una situazione del genere. Mi faceva paura sentire dentro di me: faccio parte di questo luogo, non ne faccio parte».

Il prezzo della sposa, in cui raccoglie le sue impressioni del viaggio, ottiene nel novembre del 1988 il prestigioso premio letterario intitolato ai Fratelli Scholl con cui viene insignita ogni anno un'opera che dà testimonianza di libertà di pensiero, di coraggio morale, intellettuale e di valore estetico. È questo il premio che nella sua vita ha più gradito. Il romanzo, tradotto in diverse lingue (in Italia da Giunti, 1991 e 2006, traduzione e nota critica di C. Brunelli), viene discusso in numerose recensioni di critica letteraria. Ha un grande successo negli Stati Uniti, dove, pur conquistando i primi posti della classifica dei *best sellers*, subisce forti critiche da parte di esponenti della comunità ebraica americana, che non riescono a comprendere la psicologia di un'ebrea tedesca tornata a vivere in Germania, nella terra degli «assassini».

La Weil in *Il prezzo della sposa* prosegue con la consueta lucida e travagliata consapevolezza nella ricerca della propria identità, di nuovo ancorandosi al mito come in *Mia sorella Antigone*. Questa volta è il mito ebraico, tanto lontano dalla sua esperienza culturale, ad essere utilizzato per arricchire il personale materiale simbolico, nel faticoso tentativo di elaborarsi un'identità ebraica con la scrittura. Punto di partenza per tale ricerca d'identità è la fascinazione che proviene da David, una delle figure centrali della storia e della religione ebraica.

Il romanzo, in cui l'autrice usa le traduzioni della Bibbia di Martin Buber e Franz Rosenzweig, presenta due trame parallele in brevi capitoli che si alternano. L'io narrante Grete, anziana donna sulle tracce delle proprie radici ebraiche che racconta le motivazioni del suo ritorno in Germania, si avvicenda con l'io narrante Micol, la biblica figlia di re Saul e prima moglie di David, vissuta intorno al primo millennio avanti l'era cristiana. Dalla prospettiva femminile, Micol si oppone a tutte le guerre, smaschera gli uomini dediti alla politica che degenera nella bramosia del potere e nella violenza e definisce se stessa «merce degli uomini». Riconosce figure positive maschili solo nell'amato fratello Gionata e nel secondo marito, il pacifico contadino Palthi. Con David ha un rapporto ambivalente: ne ammira l'arte e la musica ma disprezza in lui il feroce guerriero.

La struttura binaria in cui è scritto il romanzo esprime l'intenzione dell'autrice di operare lo specchiamento di una donna nell'altra. Oltrepassando tre millenni, nelle storie delle due donne emerge la comune realtà: la coazione a ripetersi di guerra e annientamento.

Grete, «*die Spätgeborene*», colei che è nata più tardi, sa quale sciagura rappresentano gli eroi per gli esseri umani. Invidia David e Micol che non conoscevano il destino futuro del loro popolo, mentre lei deve finire la sua lunga vita «sapendo di Auschwitz». Nonostante esperienze e sofferenze simili le due ebree si distinguono proprio per la dimensione storica rappresentata da Auschwitz. La ricerca dell'identità ebraica, come religiosità e rapporto con la terra dei padri, fallisce: causa ne è il pesante conflitto che Jean Améry ha ben diagnosticato come «obbligo e impossibilità di essere ebreo». La Weil si chiede di cosa ci sia bisogno per l'identità ebraica:

[...] della fede in Jahvé [...]. Poi del legame con la terra d'Israele. [...] Né l'una né l'altra cosa c'è in me, non ci fu mai e quindi penso di non aver mai avuto un'identità ebraica. Resta soltanto che in quanto ebrea ho provato cosa significa sofferenza.

L'unico luogo in cui un'identità è possibile è quindi quello della sofferenza che accomuna l'io narrante Grete ai fratelli e alle sorelle perseguitate e martoriate, l'appartenenza a una comunità nella sofferenza, alla *Leidensgemeinschaft*.

Nonostante l'età avanzata, dopo *Il prezzo della sposa* la Weil continua a scrivere. È del 1992 la raccolta di racconti *Conseguenze tardive*. Qui l'autrice descrive le alterazioni irreversibili del comportamento e pensiero in alcuni sopravvissuti come, appunto, «conseguenze tardive» dei traumi dovuti alle persecuzioni, all'esilio, alla perdita dei propri cari o all'internamento nei lager dei protagonisti, tutti come la Weil affetti dal «morbo Auschwitz».

Dopo la pubblicazione di *Conseguenze tardive* Grete Weil inizia la stesura della sua autobiografia. Alle soglie dei novant'anni è questa l'ultima fatica della scrittrice, che crede di poter ancora assolvere al compito civile di testimonianza del periodo degli anni della sua gioventù, a beneficio delle nuove generazioni. In una trasmissione radiofonica del 1991 aveva detto che «sono così poche ancora le persone che sanno come fu allora, e quelle poche non sanno scrivere. È stata una sfida per me. Perché so come fu allora e so scrivere».

L'autobiografia *Leb ich denn, wenn andere leben* (Vivo io se vivono gli altri) esce nel 1998. Il titolo è liberamente tratto dal *Divano occidentale-orientale* di Johann Wolfgang Goethe.

È uno sguardo sul suo passato, questa volta organico e lineare, sulle origini e sulla sua vita fino al 1947; finisce col ritorno in Germania, a dimostrazione del fatto che è la prima parte del Novecento, con i suoi sconvolgimenti e orrori, il periodo dal quale trae materiale biografico di cui ha tanto nutrito le sue opere.

All'età di novantatré anni, il 14 maggio 1999, Grete Weil muore nella sua casa di Grünwald nei pressi di Monaco.

La recezione dell'opera di Grete Weil nella critica letteraria contemporanea e nel contesto generale della letteratura tedesca è caratterizzata soprattutto da un riconoscimento tardivo. Solo dal 1980, dopo la pubblicazione di *Mia sorella Antigone*, riceve da parte delle istituzioni (in particolare della Città di Monaco), numerosi riconoscimenti, che in quanto premiazioni di un'ebrea «riconciliata» alla Germania possono sembrare funzionali alla cattiva coscienza collettiva.

L'autrice non trova però accoglienza, se non sporadicamente, nel *gotha* della critica letteraria per cui, ad eccezione della monografia di Uwe Meyer del 1996 dal titolo *Neinsagen, die einzige unzerstörbare Freiheit* (Dire no, l'unica indistruttibile libertà), non si può parlare nel mondo letterario di un'analisi complessiva della sua opera. Perché tale riconoscimento diventi più ampio dobbiamo aspettare il filone della letteratura tedesco-ebraica del secondo dopoguerra dove trova un suo spazio.

I molti libri scritti negli ultimi vent'anni testimoniano il crescente interesse della critica per una rilettura della produzione letteraria dal 1945 in rapporto ad «Auschwitz». Klaus Briegleb già nel 1993 asserisce che, poiché gli scrittori ebrei di lingua tedesca non hanno un loro luogo né nel mondo letterario né culturale in genere, si può parlare, per gran parte di loro, di post-esilio (*Nachexil*), interiore ed esteriore. Briegleb inserisce Grete Weil tra «i molti resi ebrei dal nazismo», dei quali distingue nettamente i temi da quelli di scrittori tedeschi non ebrei. Diversa, sostiene il critico, è la loro base di partenza, quindi diversa anche la trasformazione letteraria delle tematiche ispiratrici. Soprattutto la scrittura di molti autori ebrei presenta quella «necessità, chiarezza e precisione» che invano si cercherebbe nel «collettivo dei carnefici» (*im Kollektiv der Täter*).

Nel marzo del 1997, in occasione del convegno su «Letteratura contemporanea tedesca e l'Olocausto» svoltosi a Francoforte, viene avanzata la tesi dell'esistenza di due entità separate nella letteratura tedesca contemporanea, formate da autori ebrei e non ebrei, in un «faccia a faccia» derivante dalla differenza delle esperienze e dei modi di scrittura. Al rapporto «mediato» con la Shoah degli autori non ebrei si contrapporrebbe il rapporto «immediato» con essa degli ebrei. A sostegno di queste argomentazioni vengono citati Grete Weil, Wolfgang Hildesheimer, Peter Weiss, Paul Celan ed Edgar Hilsenrath.

Nel saggio *Schreiben nach der Shoah* (Scrivere dopo la Shoah), Holger Gehle analizza la letteratura tedesco-ebraica dal 1945 al 1965 sotto vari aspetti, per comprenderne le cause dell'isolamento. Gli ebrei erano soli, afferma, nella percezione della violenza subita, perché i tedeschi si stavano elaborando una propria identità di vittima che si poneva per assurdo in concorrenza con l'identità di vittima degli ebrei; erano soli nel «sapere» poiché nonostante la notevole documentazione sulla Shoah, nota fin dall'immediato dopoguerra, l'opinione pubblica tedesca non se ne interessò per molti anni. Ciò che per i tedeschi era considerato ormai un passato trascorso, un'epoca conclusa a cui riferirsi con dolore ma con lo sguardo di un «oggi» rassicurante, era invece per gli ebrei «il passato che non passa», una sorta di eterno presente atemporale che continuava a far sentire il suo peso nella loro esistenza.

L'isolamento degli scrittori ebrei riguardava anche il problema della lingua. La difficoltà nel raccontare, comunicare «l'indicibile», determinava in loro una condizione di aporia senza possibile salvezza. Il problema della lingua aveva anche una dimensione sociale, poiché l'uso di essa da parte degli scrittori ebrei (unitamente alla sofferenza per la contaminazione del tedesco operata dalla fraseologia nazista) li metteva in condizione di comunicare da subito con i tedeschi; costoro invece non si costituirono mai pubblico, massa d'interlocutori, perché rifiutarono di ascoltare il racconto dei superstiti. L'opinione pubblica tedesca e la nuova autoproclamata élite di scrittori preferì occuparsi di se stessa, del proprio *status* di vittima e anche di colpevole; delegò quindi la questione dei superstiti e della responsabilità dei crimini commessi all'indagine giuridica delle colpe individuali. Queste furono le cause dell'isolamento culturale di ebrei tedeschi come Grete Weil, privati del necessario «tu», di quell'interlocutore secolarizzato, indispensabile per poter superare la condizione di aporia.

Stephan Braese in *Die andere Erinnerung* (L'altra memoria) del 2001, ampia trattazione della letteratura tedesco-ebraica del dopoguerra, in cui sostiene che l'altra memoria ha portato ad un'altra letteratura, dedica ben due capitoli al caso Grete Weil. Braese è anche autore della voce "Grete Weil" nel *Metzler Lexikon der deutsch-jüdischen Literatur* (Dizionario della letteratura tedesco-ebraica).

Anche negli ultimissimi anni si può notare un rinnovato interesse per l'autrice. Infatti, a Düsseldorf, alla fine del 2006, per ricordare il centesimo anniversario della nascita, le viene dedicato un convegno di studi e negli Stati Uniti escono nuovi libri su di lei. Dopo anni e anni di isolamento, a nove anni dalla morte, questa autrice ebrea e tedesca, scomoda per molti e sempre controcorrente, sta ottenendo il meritato riconoscimento letterario.

Bibliografia

OPERE DI GRETE WEIL

1. Prosa

Erlebnis einer Reise (Esperienza di un viaggio), Zürich-Frauenfeld, Nagel & Kimche 1999.
Ans Ende der Welt (Alla fine del mondo), Berlin (DDR), Verlag Volk und Welt 1949 e Frankfurt am Main, Fischer Taschenbuchverlag 1987.
Tramhalte Beethovenstraat (Fermata Beethovenstraat), Wiesbaden, Limes Verlag 1963 e Frankfurt am Main, Fischer Taschenbuchverlag 1983.
Happy, sagte der Onkel (Happy, disse lo zio), Wiesbaden, Limes Verlag 1968 e Frankfurt am Main, Fischer Taschenbuchverlag 1982.
Meine Schwester Antigone, Zürich-Köln, Benziger 1980 e Frankfurt am Main, Fischer Taschenbuchverlag 1982 (*Mia sorella Antigone*, trad. it. a cura di Amina Pandolfi, Milano, Mondadori 1981, da cui sono tratte le traduzioni delle citazioni, e Milano, Mimesis, 2007 (a cura di Karin Birge Büch, Marco Castellari e Andrea Gilardoni).
Generationen (Generazioni), Zürich-Köln, Benziger 1983 e Frankfurt am Main, Fischer Taschenbuchverlag 1985.
Der Brautpreis, Zürich-Frauenfeld, Nagel & Kimche 1988 (*Il prezzo della sposa*, trad. it. e nota critica di Camilla Brunelli, da cui sono tratte le traduzioni delle citazioni, Firenze, Giunti 1991 e 2006.

Spätfolgen, Zürich-Frauenfeld, Nagel & Kimche 1992 e Frankfurt am Main, Fischer Taschenbuchverlag 1995.
Leb ich denn, wenn andere leben (Vivo io se vivono gli altri), Zürich-Frauenfeld, Nagel & Kimche 1998.

2. Opere non pubblicate

(Si trovano nel lascito Grete Weil alla *Monacensia*, Stadtbibliothek und Literaturarchiv, di Monaco di Baviera).
Der Weg zur Grenze (La via per il confine), dattiloscritto rilegato, pp. 240 (scritto nel 1943).
Antigone (dattiloscritto rilegato, pp. 235 (scritto nei primi anni Cinquanta).

3. Opere teatrali

Weihnachtslegende 1943 (Leggenda di Natale 1943), in *Das gefesselte Theater*, Amsterdam 1945, pp. 5-25; nuova edizione in *Leb ich denn, wenn andere leben*, cit., pp. 195-227).

4. Libretti d'opera

Hans Werner Henze, *Boulevard Solitude*, Lyrisches Drama in sieben Bildern, Text von Grete Weil, Mainz, B. Schott's Söhne 1951.
Wolfgang Fortner, *Die Witwe von Ephesus* (La vedova di Efeso), Pantomime nach einer antiken Novelle von Grete Weill [*sic*], Mainz, B.Schott's Söhne 1952.

5. Saggi, interviste e discorsi

Nicht dazu erzogen, Widerstand zu leisten (Non educata ad opporre resistenza), in *Weil ich das Leben liebe...*

Aus dem Leben engagierter Frauen, a cura di Dorlies Pollmann e Edith Laudowicz, Köln, Pahl-Rugenstein 1981, pp. 170-180.

Vielleicht, irgendwie... (Forse, in qualche modo...), in *Lieben Sie Deutschland? Gefühle zur Lage der Nation,* a cura di Marielouise Janssen-Jurreit, München-Zürich, Piper 1985, pp. 54-60.

"Ich habe Auschwitz, wie andere TB oder Krebs" ("Io ho Auschwitz come altri la tbc o il cancro"), Liz Wieskerstrauch a colloquio con Grete Weil, in Anschläge. Zeitschrift für Kunst und Literatur, 1988, n. 14, pp. 22-26.

Nicht das ganze deutsche Volk (Non tutto il popolo tedesco). Discorso in occasione del conferimento del premio intitolato ai fratelli Scholl, in *Süddeutsche Zeitung*, 22.11.1988.

Jüdische Portraits (Ritratti ebraici). Fotografie ed interviste di Herlinde Koelbl, Frankfurt am Main 1989, p. 256.

Warum ich trotzdem in Deutschland lebe (Perché nonostante tutto vivo in Germania). Lettera a Margarete Susman, introduzione di Hiltrud Häntzschel, in *Süddeutsche Zeitung*, 16.7.1994.

Discorso in occasione del conferimento del premio intitolato a Carl Zuckmayer, in *Carl-Zuckmayer-Medaille des Landes Rheinland-Pfalz 1995.* Grete Weil – Eine Würdigung. Kaiserslautern, Verlag des Instituts für pfälzische Geschichte und Volkskunde 1996, pp. 17-19.

LETTERATURA CRITICA SU GRETE WEIL

Opere in volume

Bos, Pascale R., *German-Jewish literature in the wake of the Holocaust: Grete Weil, Ruth Klüger and the politics of address,* New York, Palgrave Macmillan, 2005.

Braese, Stephan: *Grete Weil,* in Metzler Lexikon der deutsch-jüdischen Literatur, a cura di Andreas B. Kilcher, Stuttgart/Weimar, Metzler 2000, pp. 599-607.

Braese, Stephan, *Übertragene Erinnerung*. Grete Weils "Tramhalte Beethovenstraat", pp. 105-167 e *Jenseits der Zuversicht*. Grete Weils "Meine Schwester Antigone", pp. 517-562, in *Die andere Erinnerung*, Jüdische Autoren in der westdeutschen Nachkriegsliteratur, Berlin/Wien, Philo Verlagsgesellschaft 2001.

Briegleb, Klaus - Weigel Sigrid (a cura di), *Gegenwartsliteratur seit 1968*, München, Deutscher Taschenbuchverlag 1992, pp. 128, 264 (parte della collana Hansers Sozialgeschichte der deutschen Literatur vom 16. Jahrhundert bis zur Gegenwarte, a cura di Rolf Grimminger).

Calabrese, Rita, *Dalla testimonianza alla letteratura. Memorie tedesche della Shoah negli anni Ottanta*, in *Oltre la persecuzione. Donne, ebraismo, memoria*, Roma, Carocci 2004, pp. 95-118.

Distel, Barbara, *"Je weiter Auschwitz entfernt ist, desto näher kommt es"*. Zur Erinnerung an die Zeugin und Schriftstellerin Grete Weil, in *Vorurteil und Rassenhass. Antisemitismus in den faschistischen Bewegungen Europas*, a cura di Hermann Graml, Angelika Königseder, Juliane Wetzel, Berlin, Metropol Verlag 2001, pp. 411-421.

Eke, Norbert Otto - Hartmut Steinecke (a cura di), *Shoah in der deutschsprachigen Literatur*, Berlin, Erich Schmidt Verlag 2006, pp. 244-247.

Exner, Lisbeth, *Land meiner Mörder, Land meiner Sprache*. Die Schriftstellerin Grete Weil München, A1 Verlag MonAkzente 1998.

Exner, Lisbeth, *Deutschland war ebenso kaputt wie ich selbst. Die Schriftstellerin Grete Weil*, München, Bayerischer Rundfunk, 2006.

Gehle, Holger, *Schreiben nach der Shoah*. Die Literatur der deutsch-jüdischen Schriftsteller von 1945 bis 1965, in *Handbuch zur deutsch-jüdischen Literatur des 20. Jahrhunderts*, a cura di Daniel Hoffmann, Paderborn-München-Wien-Zürich, Schöningh 2002, pp. 428-440.

Giese, Carmen, *Das Ich im literarischen Werk von Grete Weil und Klaus Mann.* Zwei autobiographische Gesamtkonzepte, Frankfurt am Main, Peter Lang 1997.
Gregor-Dellin, Martin, *Grete Weil,* in *Neues Handbuch der deutschen Gegenwartsliteratur seit 1945.* Begründet von Hermann Kunisch, München 1990, pp. 638-639.
Hildebrandt, Irma, *Antigone im Dritten Reich.* Grete Weil (*1906) - Sophie Scholl (1921-1943), in *Bin halt ein zähes Luder.* 15 Münchner Frauenportraits, München 1990, pp. 203-224.
Lezzi, Eva, *Zerstörte Kindheit. Literarische Autobiographien zur Shoah*, Böhlau Verlag, Köln-Weimar-Wien 2001, pp. 36 sgg.
Meyer, Uwe, *Grete Weil,* in *KLG-Kritisches Lexikon zur deutschsprachigen Gegenwartsliteratur*, a cura di Heinz Ludwig Arnold, München 1978 sgg.
Meyer, Uwe, *Neinsagen, die einzige unzerstörbare Freiheit.* Das Werk der Schriftstellerin Grete Weil, Frankfurt am Main, Peter Lang 1996.
Paulsen, Wolfgang, *Das Ich im Spiegel der Sprache.* Autobiographisches Schreiben in der deutschen Literatur des 20.Jahrhunderts, Tübingen 1991, pp. 101-109.
Schirnding, Albert von, *Grete Weil,* in *Literaturlexikon.* Autoren und Werke deutscher Sprache, a cura di Walter Killy con la partecipazione di Hans Fromm e altri, Gütersloh-München 1992, pp. 202-203.
Schubert, Katja, *Notwendige Umwege. Vois de traverses obligées. Gedächtnis und Zeugenschaft in Texten jüdischer Autorinnen in Deutschland und Frankreich nach Auschwitz*, Georg Olms Verlag, Hildesheim-Zürich-New York, 2001, p. 411.
Setzwein, Bernhard, *Klage und Anklage einer Überlebenden.* Grete Weil und der Morbus Auschwitz in *Käutze, Kätzer, Komödianten.* Literatur in Bayern, a cura di Bernhard Setzwein, München 1990, pp. 241-251.
Treder, Uta, *Antigonä,* in *Il riso di Ondina. Immagini mitiche del femminile nella letteratura tedesca*, a cura di

Rita Svandrlik, Urbino, Edizioni Quattroventi 1992, pp. 111-113.
Weigel Sigrid, *Die Stimme der Medusa*. Schreibweisen in der Gegenwartsliteratur von Frauen, Dülmen-Hiddingsel 1987, pp. 298-308.
Wieskerstrauch, Liz, *Schreiben zwischen Unbehagen und Aufklärung*. Literarische Portraits der Gegenwart, Weinheim-Berlin, Quadriga 1988, pp. 114-127.

ALTRI TESTI CONSULTATI

Adorno, Theodor W., *Kulturkritik und Gesellschaft*, in *Gesammelte Schriften*, vol.10.I., a cura di Rolf Tiedemann, Frankfurt am Main, Suhrkamp 1977; (trad. it. *Prismi. Saggi sulla critica della cultura*, Torino, Einaudi 1972).
Adorno, Theodor W., *Negative Dialektik,* in *Gesammelte Schriften*, vol.6., a cura di Rolf Tiedemann, Frankfurt am Main, Suhrkamp 1973.
Améry, Jean, *Hand an sich legen.* Diskurs über den Freitod. Stuttgart, Cotta's Bibliothek der Moderne, 1983 (trad. it. *Levar la mano su di sé*, Torino, Bollati Boringhieri 1990).
Améry, Jean, *Jenseits von Schuld und Sühne.* Bewältigungsversuche eines Überwältigten. München, Dtv-Klett-Cotta 1990 (trad.it. *Intellettuale a Auschwitz*, presentazione di Claudio Magris, Torino, Bollati Boringhieri 1998, da cui sono tratte le citazioni in italiano).
Améry, Jean, *Örtlichkeiten*, mit einem Nachwort von Manfred Franke, Stuttgart, Klett-Cotta 1980.
Améry, Jean, *Über das Altern,* Stuttgarta, Klett-Cotta 1977.
Arendt, Hannah, *La banalità del male.* Eichmann a Gerusalemme, Milano, Feltrinelli 1993.
Belpoliti, Marco, *Primo Levi*, Milano, Bruno Mondadori 1998.
Benjamin, Walter, *Berliner Kindheit um 1900*, Frankfurt am Main, Suhrkamp 1975 (trad.it. *Infanzia berlinese*, Torino, Einaudi 2007, pp. 35-36).

Benz, Wolfgang, *Dimension des Völkermords*. Die Zahl der jüdischen Opfer des Nationalsozialismus, München, Dtv 1996.

Benz, Wolfgang, *Nachkriegsgesellschaft und Nationalsozialismus*. Erinnerung, Amnesie, Abwehr, in Dachauer Hefte, novembre 1990, pp. 12-24.

Bettelheim, Bruno, *Holocaust*. Überlegungen, ein Menschenalter danach, in *Der Monat*, München, anno 30, n. 2, dicembre 1978, pp. 5-24.

Bettelheim, Bruno, *Il cuore vigile*. Autonomia individuale e società di massa, Milano, Adelphi 1998.

Borchert, Wolfgang, *Draußen vor der Tür und ausgewählte Erzählungen*, mit einem Nachwort von Heinrich Böll, Reinbek bei Hamburg, Rororo 1983.

Braese, Stephan - Gehle, Holger - Kiesel, Doron – Loewy, Hanno (a cura di), *Deutsche Nachkriegsliteratur und der Holocaust*, Frankfurt am Main-New York, Campus Verlag 1998.

Buber, Martin - Rosenzweig, Franz, *Die Schrift und ihre Verdeutschung*, Berlin 1936.

Cavaglion, Alberto (a cura di), *Primo Levi – Il presente del passato*. Giornate internazionali di studio, Milano, Franco Angeli 1993.

Celan, Paul, *Poesie*, traduzione e saggio introduttivo di Giuseppe Bevilacqua, Milano, Mondatori 1998.

Corni, Gustavo, *I ghetti di Hitler*. Voci da una città sotto assedio, Bologna, Il Mulino 2001.

Dallapiazza, Michael - Santi, Claudio, *Storia della letteratura tedesca*, Il Novecento, vol. III, Roma-Bari, Laterza 2001.

Epstein, Helen, *Figli dell'Olocausto,* Firenze, La Giuntina 1982.

Ferrero, Ernesto (a cura di), *Primo Levi: Un'antologia della critica*, Torino, Einaudi 1997.

Finkielkraut, Alain, *L'umanità perduta*. Saggio sul XX secolo. Roma, Atlantide Editoriale 1997.

Fleischmann, Lea, *Dies ist nicht mein Land*. Eine Jüdin verlässt die Bundesrepublik, Hamburg, Hoffmann und Campe 1980.

Frank, Anne, *Das Tagebuch der Anne Frank,* Frankfurt am Main, Fischer Taschenbuchverlag (trad.it.: *Diario,* Torino, Einaudi 1954, 1990).
Friedländer, Saul, *La Germania nazista e gli ebrei,* vol. I, *Gli anni della persecuzione,* Milano, Garzanti 1998.
Hanser, Richard, *Deutschland zuliebe.* Leben und Sterben der Geschwister Scholl - Die Geschichte der Weißen Rose, München, Dtv 1982.
Hilberg, Raul, *Carnefici, vittime, spettatori. La persecuzione degli ebrei 1933-1945*, Milano, Mondadori 1994.
Hilberg, Raul, *La distruzione degli Ebrei d'Europa,* 2 voll., Torino, Einaudi 1995.
Hillesum, Etty, *Diario 1941-43*, Milano, Adelphi 1985.
Hillesum, Etty, *Lettere 1942-43,* Milano, Adelphi 2001.
Hirschfeld, Gerhard, *Fremdherrschaft und Kollaboration.* Die Niederlande unter deutscher Besatzung, Stuttgart, Deutsche Verlagsanstalt 1984.
Jakob, Volker - Voort, Annet van der, *Anne Frank war nicht allein.* Lebensgeschichten deutscher Juden in den Niederlanden, Berlin-Bonn, J.H.W Dietz 1988.
Klemperer, Viktor, *Testimoniare fino all'ultimo. Diari 1933-1945*, Milano, Mondadori 2000.
Klüger, Ruth, *Weiter leben. Eine Jugend,*Göttingen, Wallstein, 1992
(trad.it. *Vivere ancora*, Einaudi, Torino 1995).
Krechel, Ursula, *Leben in Anführungszeichen.* Das Authentische in der gegenwärtigen Literatur, in *Literaturmagazin* 11: *Schreiben oder Literatur*, pp. 80-107.
Krummacher, F.A. (a cura di), *Die Kontroverse - Hannah Arendt, Eichmann und die Juden,* München 1964.
Levi, Primo, *Se questo è un uomo* e *La tregua*, Torino, Einaudi 1989.
Levi, Primo, *I sommersi e i salvati,* Torino, Einaudi 1991.
Levi, Primo, *Opere*, 2 voll., a cura di Marco Belpoliti, introduzione di Daniele Del Giudice, Torino, Einaudi 1997.
Marsalek, Hans, *Die Geschichte des Konzentrationslagers Mauthausen.* Dokumentation. Wien 1974. (trad.it. *Mauthausen*, Milano, La Pietra, 1977).

Mattenklott, Gert, *Ebrei in Germania.* Storie di vita attraverso le lettere, Milano, Feltrinelli 1992.

Momigliano Levi - Rosanna Gorris (a cura di), *Primo Levi. Testimone e scrittore di storia*, Firenze, La Giuntina 1999.

Niederland, William, *Folgen der Verfolgung.* Das Überlebenden-Syndrom. Seelenmord, Frankfurt am Main, Suhrkamp 1980.

Platen, Edgar (a cura di), *Erinnerte und erfundene Erfahrung.* Zur Darstellung von Zeitgeschichte in deutschsprachiger Gegenwartsliteratur, München, Iudicium Verlag 2000.

Reich-Ranicki, Marcel, *Über Ruhestörer.* Juden in der deutschen Literatur, Deutsche Verlags-Anstalt, Stuttgart 1989.

Semprún, Jorge - Wiesel, Elie, *Schweigen ist verboten – Sprechen ist unmöglich.* Ein Gespräch, in *Zivilisationsbruch Auschwitz*, Schriftenreihe Probleme des Friedens, Idstein, Meinhardt 1999, pp. 17-26 (trad. it. *Tacere è impossibile. Dialogo sull'olocausto*, Milano, Guanda 1996).

Sofsky, Wolfgang, *L'ordine del terrore*, Roma-Bari, Laterza 1995.

Steiner, George, *Die Antigonen.* Geschichte und Gegenwart eines Mythos, München, Dtv 1988 (trad.it. *Le Antigoni*, Garzanti 1990).

Stoop, Paul, *Das tödliche Dilemma des Judenrats.* Kooperation und Verantwortung während der deutschen Besatzung der Niederlande, in *Tribüne*, Zeitschrift zum Verständnis des Judentums, anno 30, n. 118, 1991.

Susman, Margarete, *Das Nah- und Fernsein der Fremde*, Essays und Briefe, Frankfurt am Main, Jüdischer Verlag 1992.

Traverso, Enzo, *Gli ebrei e la Germania.* Auschwitz e la "simbiosi ebraico-tedesca", Bologna, Il Mulino 1994.

Verri Melo, Ilda, *Qualche considerazione sul "trauma del ritorno"*, in *Il ritorno dal lager.* Convegno internazionale, 23 novembre 1991, Milano, Franco Angeli 1993.

Indice

Conseguenze tardive ovvero la sindrome del sopravvissuto, *di Camilla Brunelli* 5

CONSEGUENZE TARDIVE

Guernica 15
Don't touch me 29
La casa nel deserto 33
La piccola Sonja Rosenkranz 53
La cosa più bella del mondo 65
E io? Testimone del dolore 69

La vita e l'opera di Grete Weil, *di Camilla Brunelli* . 75
Bibliografia 115

Finito di stampare
nella Tipografia Giuntina
Firenze, novembre 2008

IN QUESTA COLLANA

Romain Gary, *L'angoscia del re Salomone*
Anna Mitgutsch, *La voce del deserto*